아름답고
죽은 그녀

아름답고
죽은 그녀

로사 몰리아소 지음　양영란 옮김

이 책은 실로 꿰매어 제본하는 정통적인 사철 방식으로 만들어졌습니다.
사철 방식으로 제본된 책은 오랫동안 보관해도 손상되지 않습니다.

아무리 신중해도 지나치지 않은 법.

─영화「얼간이」에서 토토가 하는 말

1

예쁜 것만큼이나
죽은 게 확실한 여자

그녀는 예쁜 것만큼이나 죽은 게 확실했다. 차분한 베이지를 주조 색 삼아 여러 뉘앙스로 변화를 준 튀지 않는 우아함이 돋보였다. 다분히 상대의 마음에 들고자 하는 의도는 드러나지만 그렇다고 해서 지나치게 나대지는 않는 분위기랄까. 다만 신고 있는 구두만이 전체적인 분위기에서 벗어나 눈길을 끌었다. 새빨간 색에 너무 높은 굽, 뾰족하게 모아지는 앞코의, 이른바 킬 힐. 신발에서 살짝 빠져나와 살코기로 된 부채처럼 활짝 펴진 발가락 끝 발톱엔 구두 빛깔과 같은 새빨간 매니큐어가 칠해져 있었다.

이런 상황에서 제기되는 문제란 의외로 간단했다. 이 시체를 못 본 척 무시하고서, 저만치 떨어져 있는 강아지를 불러 가던 길을 계속 간 다음 관련 소식은 신문에서 읽느냐, 아니면 113에 전화를 걸어 신고한 연후에 경찰서 한구석에서 하루, 그러니까 이미 운수 나쁘게 시작한 이 하루의 상당 부분을 보내느냐, 둘 중 하나일 테니까.

여자는 결국 가던 길을 계속 가기로 마음먹었다. 지금은 그럴 때가 아니었다. 어떤 형태가 되었든 스트레스를 자초해서는 안 되는 시기였다. 스트레스는 사람을 늙게 만들고, 미모를 상하게 하며, 무엇보다도 — 아, 끔찍해라 — 산화를 촉진한다! 맞아요, 스트레스를 받게 되면 급격하게 산화 작용이 일어나죠, 라고 피부 관리사는 설명했다. 솔직히 말해서 여자는 산화 작용이 정확하게 무엇을 의미하는지는 알지 못했다. 반면, 이틀 전에 무려 3백 유로라는 거금을 들여서 받은 얼굴 관리(피부 관리사의 설명을 듣고는 당장 항산화제인 비타민 C 처방을 받았지)가, 물론 시민으로서 칭찬받아 마땅하겠으나 따지고 보면 아무 소용도 없을 사소한 행동 하나 때문에 도로 아미타불이 되어 버리리라는 건 쉽게 짐작할 수 있었다.

어쨌거나 튀지 않는 우아함을 갖추었으면서 그와는 전혀 어울리지 않는 하이힐을 신은 여인은 이미 죽었다. 내가 아니라도 다른 누군가가 그 여자를 발견할 테지. 강변을 지나가는 사람들은 대단히 많으니까 말이야. 조깅하는 사람들이나 나처럼 개를 산책시키는 사람 천지잖아. 여자는 한번은 비쩍 마른 데다 표정이 엄청 단호해 보이는 남자 두 명이 실크 파자마 같은 옷(잘은 모르겠으나 암튼 광택이 나면서 촉감이 매우 부드러워 보이는 검정 실크 옷)을 입고서 일종의 중국 춤을 추는 광경을 본 적도 있었다. 어디 그뿐이야, 낚시꾼들도 있잖아, 그런데 폴리염화 바이페닐투성이일 것이 확실한 그 물고기들을 정말로 먹을 수 있긴 한 걸까. 여자는 도저히 그러리라고 믿을 수 없었다. 암튼 배고픔은 추한 거야.

여자는 오스카를 불렀다. 다리가 짧은 닥스훈트는 기가 막힌다는 듯이 여자를 노려보았다. 아직 집에 돌아갈 시간이 아닌 것 같은데, 벌써 가자고?

「이리 와, 내 새끼, 오늘은 엄마가 할 일이 많거든. 그러니 얼른 와.」여자가 나지막한 소리로 녀석을 불렀다.

그렇지만 오스카는 그 자리에 납작 엎드려 버렸다. 녀석은 주변을 힐끔힐끔 둘러보며 주인과 눈길을 마주치지 않으려고 기를 썼다. 이제 와서 하는 말이지만, 주인은 가끔 도저히 이해할 수 없는 요구를 할 때도 있었다. 녀석은 하릴없이 하품했다. 녀석은 어떻게 해야 할지 결정하기 힘들거나, 사람들이 자기에 관해서 이야기한다 싶을 때면 항상 하품을 하는 버릇이 있었다.

「얼른 오라니까, 우리 아가, 집에 가야 해.」여자가 손바닥으로 자신의 허벅지를 토닥거리며 조금 전보다 더 큰 소리로 재촉했다. 반려동물 전문 매장의 판매 담당 여직원은 처음부터 주의를 주었다. 〈정이 많고 사람을 잘 따르지만 아주 고집이 센 녀석. 닥스훈트종이 원래 그래요, 그러니까 녀석들에게 기선을 제압당해선 안 돼요…….〉

그걸 말이라고! 죄책감 때문에 여자는 녀석에게 번번이 져주기 일쑤였다. 여자가 매장에 나가 일하는 동안 가엾은 강아지 녀석은 하루 종일, 몇 시간이고, 집 안에 틀어박혀 있어야 하니까. 오후나 되어야 파출부 마리아와 잠깐 나가서 허겁지겁 오줌통을 비우는 게 고작이었다. 베네치아 출신인 마리아는 아주 섬세하게 다루어야 하는 옷의 세탁과 다림질에 특히 능했는데, 에르메스 매장을 책임지는 사람의 옷이 얼마나 세심한 손길을 필요로 하는지는 하느님만 아신다. 반면, 바로 그 마리아는 사람들이 어째서 반려동물들에 그토록 열광하는지, 그 문제만큼은 도저히 이해하지 못했다. 요컨대, 마리아는 개들을 이해할 수 없었다. 아니, 그 정도가 아니라, 오스카가 먹는 사료의 값이 자신이 열 시간 동안 미지근한 물 속에 손을 담그고서 여주인의 실크 의상을 빨래하면서 받는 돈과 맞먹는다는 사실 하나만으로도 개들을 증오했다.

어쨌든, 결혼하고 나면 이 모든 게 달라질 텐데 뭐. 결혼하고 나면 오스카를 산책시킬 시간이 넉넉해질 거야. 오랜 시간 여유 있게 산책을 즐길 수 있으니, 녀석은 얼마든지 안락하게, 편한 마음으로, 일일 적정량만큼의 변을 배출할 수 있을 거야. 그런데 그 일일 적정량이라는 것이 녀석 체중의 두 배나 되니 참으로 희한한 일이지. 반려동물 매장 여직원은 그런 말은 쏙 빼놓고 귀띔도 하지 않았잖아.

하는 수 없이 여자가 오스카에게로 다가가서 녀석을 번쩍 안아 올리고는 녀석의 작은 머리에 입을 맞추었다. 녀석의 머리에서는 당연하게도 개 냄새와 일산화탄소 냄새가 났다.

「이런 고얀 녀석 같으니, 너한테는 이렇게 하는 게 주인한테 복종하는 거야?」 여자가 촉촉하게 습기를 머금은 녀석의 귀에 대고 불평 같지 않은 불평을 속삭였다.

이윽고 여자는 날랜 걸음걸이로 집 쪽을 향해 걸었다. 그러느라 바로 등 뒤에 누군가가 나타나는 걸 알아채지 못했다.

남자아이와 여자아이는 개를 데리고 산책 나온 여자가 저만치 멀어져 가는 광경을 보자 그제야 마음을 놓았다. 강이 가까운 이곳은 그들 두 사람의 자리였다. 둘은 학교 수업을 빼먹기로 한 날이면 늘 그곳을 찾았다. 최근 들어서는 매일 오전이면 빼놓지 않고 와서 함께 주변을 한 바퀴 빙 도는 것이 일과였다.

수업을 빼먹는 이유라면 얼마든지 많았다. 우선 호르몬. 생체 기관의 기능을 조절하는 각종 샘에서 분비하는 유기 분자들(고등학교 2학년 생명 과학: 〈생식 기관의 작용〉)인 호르몬을 꼽을 수 있다. 실제로 두 사람은 진정한 의미에서의 호르몬 돌풍, 호르몬 쓰나미, 이른바 호르몬의 슈투름 운트 드랑[1](고등학교 2학년 문학: 〈독일과 이탈리아의 낭만주의〉)이 몰아치는 시기를 관통하는 중이었다. 부글부글 끓어올라 포효하며 폭발하는, 항구적이며 꺼지지 않는 호르몬의 소용돌이. 폭풍이 몰아치고 물기둥이 치솟으며 시속 3백 킬로미터쯤은 가뿐히 뛰어넘을 수 있고, 자동차를 들어 올리거나 지붕도 날려 버릴 만큼 엄청난 상승 기류(고등학교 1학년 지구 과학: 〈파괴적인 자연 현상의 한 사례〉)를 일으키는 소용돌이.

게다가 어떠한 경우에도 이 호르몬의 왕성한 활동을 저해해서는 안 된다고, 두 사람 가운데 그래도 두 사람의 관계가 지니는 의학적-기술적 양상에 약간 더 주의를 기울이는 편인 여자아이가 결정을 내렸다. 때문에 시내 중심가의 약국에서 생애 최초의 콘돔 상자 하나를

---

1 *Sturm und Drang.* 〈질풍노도〉라는 뜻으로 18세기 후반 독일에서 일어난 낭만주의 문학 운동을 가리킨다. 이하 모든 주는 옮긴이의 주이다.

슬쩍한 것도 역시 여자아이였다. 그렇게 함으로써 드디어 두 사람은 안전한 섹스의 세계에 첫발을 내디딘 것이었다.

호르몬 외에, 두 사람의 결석을 합리화해 주는 이유로는, 가령 아무런 방해도 받지 않고 대마초를 피우는 기쁨도 한몫한다고 볼 수 있었다. 그도 그럴 것이 호르몬에게 마음 놓고 역량을 발휘하라는 청신호를 보내는 데에는 대마초만 한 것도 없다고, 두 사람 가운데 두 사람의 관계가 지니는 환각적 양상에 좀 더 민감한 사내아이는 결정을 내렸던 것이다. 사내 녀석은 2년 전부터 자기 집 정원 — 난쟁이 야자수 한 그루가 정원의 가운데에 자리 잡고 있다 — 에 대마 서른 줄기 정도를 길렀다. 대마는 계속 뻗어 나가는 포도 넝쿨 사이사이에 완벽하게 숨겨져 있었다. 이 대마는 사내아이 자신을 위한 개인적인 용도 외에도, 제법 수입이 짭짤한 소규모 거래용이었다.

학교가 아무짝에도 소용없다는 건 새삼 이유로 꼽을 필요도 없었다. 그건 누구나 다 아는 사실이니까. 텔레비전에서도 그렇게 떠들어 댔고, 라디오와 인터넷, 심지어 교사들마저도 이탈리아 청년이 멀쩡한 일자리를 얻고 뭔가 의미 있는 일을 할 수 있는 유일한 가능성이 있다면 그건 바로 다른 나라로 이민 가는 거라고 공공연히 말할 정도니까.

더구나 두 사람은 이미 장래 계획도 다 세워 두었다. 돌아오는 여름에, 그러니까 둘 다 법적으로 성인이 되는 즉시, 돛을 활짝 펼칠 작정이었다. 부모님이 자식의 출범을 기정사실로 인정하지 못하고 경찰에 신고하는 따위의 번거로운 일을 벌이는 불상사를 미연에 방지하기 위해 자기들의 행동을 설명하는 편지 한 통 정도는 테이블 위에 남겨 두는 것이 좋겠다는 합의도 본 상태였다. 경비도 전혀 문제 되지 않았다. 몰래 기른 대마와 대학 공부를 위해 준비해 둔 적금 통장 — 머지않아 곧 그들이 사용하게 될 학자금 — 덕분에 두 사람은 최소한 1만 유로 정도는 손에 쥘 수 있을 것으로 예상하고 있으니까.

그런데 펼쳐 놓은 모포에 쭈그리고 앉아 남자아이가 대마초를 마는 동안, 두 사람의 흥분은 곧 실망으로 바뀌었다. 그곳엔 둘만 있는 것이 아니었다. 관목 더미 밖

17

으로 대단히 우아한 구두를 신었으나 어찌 된 영문인지 제멋대로 내동댕이쳐진 듯한 여자의 발 하나가 삐져나와 있었던 것이다. 발 위로 다리가, 그 다리 위로 몸통이, 몸통 위로 얼굴이 이어졌다. 그 얼굴은 매우 아름다운 것만큼이나 살아 숨 쉬지 않는 것이 확실했다.

질겁한 여자아이가 냅다 고함을 지르자 남자아이가 달려들어 한 손으로 여자아이의 입을 막았다.

「조용히 해.」 남자아이가 지시했다. 「제발 부탁이니 입 닫아.」

콧구멍을 벌렁거리며 숨을 쉬는 둥 마는 둥 허둥대면서도 여자아이는 고개를 끄덕였다. 그제야 남자아이는 입을 막았던 손을 떼고는, 조금 전의 몸싸움 때문에 주변으로 흩어진 담배와 대마초, 담배 종이를 서둘러 그러모았다. 그러고는 이내 그 모든 걸 부모님이 크리스마스 선물로 사 주신 하늘색 프라이탁 가방 안에 주워 담았다. 자리에서 벌떡 일어난 사내아이는 여자아이에게 손을 내밀었다.

「얼른 일어나. 당장 여기서 튀어야 해.」 사내아이가 다급하게 말했다. 「대마초로 꽉 찬 가방을 메고 있는 상

태로 웬 여자 시체 옆에서 붙잡힐 순 없거든. 오늘 배달
해야 할 물량이 가방 안에 잔뜩 들어 있어.」

「하지만……?」 여자아이는 상대의 마음을 돌려 보고
자 운을 뗐다.

「빨리 서두르라니까, 빌어먹을!」

「이 여자는…….」

「그래, 이 여자는 죽었어. 누군가 이 여자를 발견할
테지, 하지만 우린 아니야. 얼른 튀자니까. 무슨 소리가
들려, 누가 오나 봐.」

여자아이는 고개를 푹 숙이고 새로 장만한 아디다스
빈티지 운동화만 뚫어지게 바라보았다. 분홍색, 흰색,
금색의 무늬엔 진흙이 덮여 있었다. 이 아디다스를 신
고서 조금 전 시체를 짓밟았다니, 아니 엄밀히 말해서
짓밟은 건 아니지만, 그래도 거의 그와 비슷했다. 여자
아이는 내키지 않는 태도로 일어났다. 물을 잔뜩 먹은
사람처럼 머리가 멍멍했다. 두 귀에서는 바람 소리도
들렸다. 집에 돌아가는 즉시 이놈의 신발일랑 던져 버
려야지. 멀미가 날 때처럼 구역질이 목구멍을 타고 올
라오자 여자아이는 두 손으로 복부를 움켜쥐더니 그만

토하기 시작했다.

「오, 안 돼, 제기랄. 이건 아니지, 제기랄, 제기랄.」사
내아이는 계속 〈제기랄〉을 연발했다.

여자아이는 마치 누군가에게 목을 졸리기라도 하는
듯 딸꾹질까지 해댔다.

남자아이가 다가와 여자아이의 등에 한 손을 얹었다.

「괜찮아, 아무것도 아니야. 넌 그냥 무서워서 그러는
거야.」남자아이가 한 손으로 여자아이의 이마를 받쳐
주며 다독였다.「그런데, 제발 부탁이니, 좀 서둘러.」

여자아이는 나름 최대한 서둘렀다. 손등으로 입을 닦
으면서도 발밑에 새로 생겨난 우유와 과자가 뒤섞인 혼
합 용액에서 눈을 떼지 못하더니, 기어이 울음을 터뜨
리고야 말았다.

남자아이는 여자아이의 몸을 돌리더니 두 어깨를 잡
고서 부드럽게, 거의 다정하다 싶을 정도로 흔들었다.

「자, 나를 봐.」

여자아이가 시키는 대로 했다.

「진정해, 우리한테는 아무 일도 없어. 우선 여기를 뜨
고, 그다음엔 다 잊어버리는 거야, 오케이? 사랑해.」

「나도, 나도 널 사랑해.」여자아이가 대꾸했다.

「자, 그러면 이제 뛰어.」남자아이가 여자아이의 손을 잡으며 말했다. 「자, 뛰라니까.」

「하지만 이 여자…….」여자아이는 마지막으로 다시 한번 시도했다.

「뛰어, 발렌티나, 뛰라니까!」

두 사람은 달리기 시작했다. 여자아이는 두 다리가 후들거렸다. 얘가 날 사랑한다잖아, 그 한 가지만 중요해. 죽은 여자를 생각하지 않으려고 여자아이는 새로 장만한 아디다스 운동화, 집에 돌아가는 즉시 옷장 안에 처박아 버릴 그 운동화에만 정신을 집중했다. 때마침 고함 소리가 들려오자 여자아이는 운동화 생각마저도 깡그리 잊어버리고 달음박질에 속도를 냈다.

2

항상 제일 괜찮은 사람들이
제일 먼저 떠나간다

고함을 질러 대는 남자는 사실 3년 전, 〈의국(醫局)〉의 서쪽 병동에서 퇴원한 지 얼마 되지 않았을 때부터 고함을 질러 왔다. 그는 어쩌다 보니 인생에서 딱 두 가지, 곧 새들과 길에서 고함지르기, 이렇게 두 가지만을 사랑하는 지경에 이르렀다. 때문에 남자는 바삐 가야 할 곳이 있는 사람처럼, 명확한 어떤 장소를 향해서 가는 사람처럼 빠른 걸음으로 걸으면서 다짜고짜 고함을 지르는 것이었다. 그가 고함을 지르면 사람들은 남자가 지나가도록 길목을 터주면서 그를 무시했다.

전날, 남자는 한 광장의 아치형 통로 아래에서 상자를 바닥에 깔고 패딩 점퍼 ─ 근처에 살면서 언제나 너무 진하다 싶을 정도로 향수를 뿌리는 여인네가 건네준

선물─로 몸을 꽁꽁 여민 상태로 밤을 보냈다. 그 여자
는 패딩 점퍼에 20유로짜리 지폐도 한 장 곁들여 주는
배려심을 발휘했다. 그는 그 지폐를 접고 또 접어 날개
를 편 학 모양으로 만들어 그 여자에게 되돌려 주었다.
지폐는 돌려주었지만 패딩 점퍼는 간직했다. 다리에 다
다른 남자는 강을 향해 또다시 고함을 질렀다. 오리들
이 푸드덕거리며 날아오르더니 이내 조금 떨어진 곳,
강둑 너머에 자리 잡은 반도 같은 곳에 내려앉았다. 오
리 떼를 따라가던 남자는 조용히 오솔길로 접어들었다.
오리들을 놀라게 하려는 심산인 모양이었다. 오리들 쪽
으로 가면서 그는 자신이 지금 무얼 하고 있는지를 잊
은 듯 또다시 고함을 질러 댔다. 「너희들은 **전부 멍청이야,
전부, 전부,** 전부, 전부…….」

　남자는 〈전부〉 부분에서 목소리가 갈라지는 등 말썽
을 일으키자 어조를 한껏 낮췄고 급기야 땅바닥에 널브
러져 있는 몸뚱어리, 그것도 여자─혹시 패딩 점퍼 준
여자?─의 몸뚱어리를 보자 아예 목소리가 나오지 않
게 되었다. 그 여자가 자갈이 뒤섞인 풀밭 한가운데에
점퍼도 입지 않은 채 벌렁 누워 있는 건가? 남자는 몸을

굽히고서 여자를 깨우려고 살살 흔들었다. 손가락 끝으로, 둘째와 셋째 손가락으로 살짝살짝 건드리다가 곧 여자의 몸에서 손을 뗐다. 하지만 여자는 줄곧 깊은 잠에 빠져 있었다. 아니면, 잘은 몰라도 죽었거나. 영원히 먼 곳으로 갔거나.

「하긴, 논리적이로군.」 남자가 중얼거렸다. 「당신은 외투도 없이 땅바닥에 누워 잠이 들었으니, 죽지 않고 배길 수가 없잖아.」 유감이로군, 친절한 여자였는데. 남자는 주변을 두리번거리며 여자의 핸드백을 찾았다. 누군가가 그걸 훔쳐 가기 전에 찾아야만 했다. 남자는 도둑질이라고는 단 한 번도 해본 적이 없었다. 그는 사무실에서 벌어지는 사기 행각을 발견한 적이 있었는데, 이후 도둑질에 대해서라면 전적이고 절대적인 반감을 보였다. 암튼 핸드백을 찾아서 그걸 안전한 곳에 보관해야 할 것이었다. 그는 사실 구덩이를 하나 파서 그 안에 별의별 물건들을 감추고는, 유효 기간 지난 우유 포장 용기들로 그 구덩이를 위장하고 포장 용기 위로는 나뭇가지들을 덮어서 이중으로 보호 중이었다. 그는 자기가 찾아낸 모든 귀중한 것들을 그 구덩이 안에 숨겨

두고는 그 사실을 까마득히 잊은 채 그것들이 썩어 문드러지거나 말거나 내버려 두었다. 결국 흙은 흙으로 되돌아가는 법이니까.

아, 유감이야, 정말이지 아주 상냥한 여자였는데…….
항상 제일 괜찮은 사람들이 제일 먼저 떠나간다. 그는 왜 이 순간 그런 말이 떠올랐는지 그 이유는 알지 못했다. 〈항상 제일 괜찮은 사람들이 제일 먼저 떠나간다.〉
물론 그 자신도 떠나야 할 터였다. 그런데 어디로 떠난담? 떠나간다, 떠나간다, 떠나간다. 그는 고함을 지르고 싶은 욕망을 꾹꾹 억눌렀다. 무언가가, 갑작스러운 조심성이나 문득 찾아온 신중함 같은 무엇인가가 그를 만류하는 것이었다. 입 밖으로 튀어나오려는 말들을 도로 삼켜야 해, 괜히 이목을 끄는 짓은 하지 말아야 한다고. 왜냐하면, 대체로 사람들은 그를 무시하는 편이지만, 누가 안담, 이번만큼은 누가 즉시 달려올 거라는 데 내기를 해도 좋을 거야. 그렇게 되면 사람들은 2 더하기 2가 4라는 사실만큼이나 확실하게 그를 다시금 〈의국〉의 서쪽 병동으로 되돌려 보낼 테지. 일단 거기에 들어가면 억지로라도 몸을 씻게 만들 것이고, 그런 다음 그를 묶어 놓고는 질문을 해대겠지, 엄청 많은 질문을 퍼부으면서 그가 하는 대답은 듣지도 않을 테지. 그랬다. 거기서 그의 말에 귀를 기울이는 사람은 단 한 명도 없었다.

애써 불안한 마음을 떨쳐 낸 그는 여자를 만져 보기로 마음먹었다. 여자를 추억할 만한 거라도 하나 챙겨서 구덩이 속에 감추어 두고 싶었다. 고민 끝에 그는 구두를, 두 짝 가운데 한 짝만이라도 챙기기로 결심했다. 두 짝을 다 벗겨서 가져갈 수만 있다면야 금상첨화겠지만. 그는 어쩌면 여자의 발도 슬쩍 만져 볼 수 있으리라고 기대했다. 모름지기 사람에게 발이란 제일 마지막까지 우리와 땅을 이어 주는 부분, 우리를 땅과 갈라놓는 제일 마지막 보루이니만큼, 제일 덜 위험하달 수 있었다. 발은 더럽다. 하물며 구두야 더 말할 필요도 없다. 발보다 더 더러우니까. 발보다 먼저 흙과 만나는 것이니, 구두는 곧 흙이며, 따라서 흙이 흙으로 가는 것이라면…….

그의 머릿속은 이내 뒤죽박죽이 되어 버렸다. 암튼 서둘러서 여자의 한쪽 발목을 잡자 촉촉하게 습기를 머금은 피부, 거의 고무와도 같은 촉감이 그의 손바닥에 전해졌다. 그는 다른 한 손으로 뒤꿈치부터 구두를 벗겼다. 여자에게 손가락 하나 대보지 못한 지, 아니, 여자건 남자건 그가 자발적으로 나서서 손가락으로 다른 사람을 건드려 보지 않은 지 수 세기는 되는 것 같았다. 그는 남은 뾰족구두 한 짝도 마저 벗겼다. 식은 죽 먹기네, 안 그래? 문득 승리감이 파도처럼 그를 뒤덮자 그는 하늘을 향해 두 손을 높이 치켜들었다. 너무 기쁜 나머지 도저히 소리를 지르지 않고는 못 배길 지경이었다. 「나는 살아 있다 나는 살아 있다 그러니 너희들 모두 꺼져라 너희들 모두 꺼져라.」

그는 구두 한 짝을 강물에 던져 버리고는 나머지 한 짝만 가슴에 꼭 끌어안았다. 구두를 안고서는 아기처럼 어르고 다시금 꼭 끌어안기를 반복하다가 이윽고 자기만의 피신처로 향했다. 이번에도 역시 그가 고함을 질렀을 때 반응을 보인 사람이라고는 아무도 없었다. 놀란 오리들만 허둥지둥 하늘로 날아올랐다.

그러는 사이, 안마사이자 레이키[2] 3단계 기(氣) 치료

27

사인 알폰소 페트루케티, 일명 카루나는 강의 수면보다 10여 미터쯤 위쪽으로 구불구불 이어지는 오솔길 대신 물가 쪽으로 방향을 잡았다. 그는 거기서 마음 챙김 수련을 할 작정이었다.

물가에 가면 물 흐르는 소리가 모든 것은 흐른다는 느낌을 자연스럽게 더해 줌으로써, 필연적으로 만물 유전이라는 법칙을 받아들이지 않을 수 없게 만든다. 따라서 강가에서라면 보편적인 생명 에너지에 쉽게 닿을 수 있을 것이고, 그렇게 되면 그가 일상에서 끌어안고 사는 비천한 근심 걱정들을 시간과 공간이라는 환영에 불과한 거리(距離) 너머로 던져 버릴 수 있을 터였다.

그런데 우연인지 운명인지, 알폰소 페트루케티가 지금 그의 고향도 아닌 이 생면부지의 도시에 오게 된 것도 하필이면 긍정적인 사유 전략을 활용하여 시간과 공간을 동시에 뛰어넘는 방식 덕분이었다. 의식 속에 각인된 실재적인 주관성을 존중하는 의미에서 그는 루이

---

2 레이키는 영기(靈氣)의 일본어식 발음으로, 오래전부터 전해 내려오던 기 치료법을 현대에 들어와 일본에서 체계적으로 정리하고 보급한 것이다. 총 4단계가 있다고 알려져 있다.

지 산타크로체를 따르기 위해 기꺼이 로마를 떠난 것이었다. 루이지와 관련하여 그가 느끼는 하나로 연결된다는 느낌, 아울러 꾸준히 상승 곡선을 그리는 진동의 파장이 그에게 이건 분명 사랑 — 대문자로 써야 마땅한 진정한 사랑 — 이며, 그렇다면 주저하지 말고 그 사랑에 복종하는 것이 도리라는 확신을 안겨 주었다. 사랑을 가꿔 나가기. 사랑을 실천하기.

알폰소는 그가 전혀 알지 못하는 도시, 황홀한 것들이 그득한 그의 고향 로마와는 다르게 보기에도 끔찍한 건물들이 우후죽순 격으로 솟아 있는 이 도시를 가로지르는 강 근처로 나왔다. 이 도시에 발을 들여놓은 지 벌써 8개월이라는 세월이 흘렀건만, 그는 여전히 대문자 사랑이 그의 삶 깊숙이 들어와 있음을 또렷하게 느낄 수 있는 데다, 그 사랑이 처음으로 계단 위에 모습을 드러냈던 그 순간, 이 세상의 것이 아닌 듯한 그 순간을 생생하게 기억했다. 그런데 추억의 되새김질 — 그가 가장 좋아하는 여가 활동이기도 하다 — 은 웬 남자의 가슴을 에는 듯한 절규 — 분명 대단히 상심한 인간임이 확실했다 — 가 들려오는 바람에 중단되었고, 기 치료

사의 마음속에서는 고통받는 인간을 향한 타고난 연민
이 솟았다.

「가엾은 피조물 같으니. 가엾어라, 가엾어라.」 그가
주변을 둘러보며 큰 소리로 읊조렸다. 「가엾은 피조물
이여, 그대는 어디에 있는가?」

하지만 정신 나간 자의 모습은 어디에도 보이지 않았
고, 그가 질러 대는 고함 소리마저도 점점 작아졌다. 문
득 긴박감에 사로잡힌 알폰소는 고함 소리가 들려오는
방향으로 냅다 뛰기 시작했다. 겁에 질린 듯 놀라서 강
의 수면 위로 푸득푸득 날아오르는 오리들이 하늘을 향
해 치켜뜬 그의 두 눈을 가득 채웠다.

「이자를 만나야만 해.」 알폰소는 속으로 생각했다.
「고통에 잠긴 그의 육신을 볼 수만 있다면 난 그가 느끼
는 갈등의 원인을 알아낼 수 있을 것이고, 그러면 육체
적인 에너지로 바뀌어서 나타나는, 본능에 집착하는 부
정적 기의 흐름을 끊어 내도록 도와줄 수 있을 텐데. 내
두 손을 그의 몸에 얹고 뭉친 곳을 풀어 주고…….」

고통에 잠긴 자의 육신이 내포하고 있는 상징들에 대
한 기 치료사로서의 공감 어린 사유는 갑자기 중단되었

다. 바닥에 있는 무언가에, 하늘 — 알폰소 페트루케티,
일명 카루나가 마치 점을 치는 사제처럼 새들의 비행
속에서 특별한 징조를 읽으려 하는 그 하늘 말이다 —
과는 완전히 멀리 떨어져 바닥에 놓여 있는 무언가에
발이 걸렸기 때문이었다.

그는 고개를 숙이고 장애물을 뚫어지게 바라보았다.
하나의 육체. 아무 말이 없고, 움직이지도 않는 육체.

여자.

아름다운 여자.

우아한 여자.

게다가 죽은 여자.

확실히 죽은 여자.

어쩌지?

몇 초 동안인가 알폰소는 넋을 놓고 가만있었다. 놀
라움이 가시자 그는 직업적인 관점에서 볼 때 지금 이
발견이 그에게 다시는 만날 수 없을 유일한 기회임을
깨달았다. 아닌 게 아니라 그의 일본 사부님은 빌라 토
를로니아[3]에서 행한 역사에 길이 남을 만한 강연에서
죽은 자의 영혼과 교감하는 일은 얼마든지 가능하다고

강조했다. 문제의 영혼이 이제 막 그것을 감싸고 있던 육신이라는 껍데기를 벗어났으니 교감이 훨씬 쉬워진다는 것이었다. 찬찬히 살펴보니 여자는 죽은 지 얼마 되지 않는 것 같았다. 그러니 이 알폰소 페트루케티, 일명 카루나가, 오, 이 얼마나 드문 기회란 말인가, 여자의 영혼으로 하여금 광명 속으로 나아가도록 도와줄 수 있을 것이었다.

그는 여자 곁에 무릎을 꿇었다. 여자가 마치 신의 섭리에 의해 그에게 주어진 선물이라도 된다는 듯 말이다.

「용기를 내.」 그는 가엾은 죽은 여자의 심장에 두 손을 올려놓을 준비를 하면서 혼잣말을 했다.

하지만 마지막 순간 벼락처럼 상식을 되찾은 그는 하고자 마음먹었던 동작을 행동으로 옮기지 않았다.

「그럼 어떻게 해야 하는 거지, 이런 젠장?」

그는 이 여자가 살해당했을 수도 있음을 깨달았다. 만일 그게 사실이라면, 피해자의 심장 언저리에 그의 지문이 남는 일은 피하는 편이 나을 터였다.

---

3 로마에 위치한 토를로니아 가문 소유의 대저택. 이 저택은 각종 문화 행사를 유치하여 일반 대중들에게 공개되고 있다.

신중해야 해, 그가 자신에게 타일렀다.

여자를 건드려선 안 돼.

아니, 건드리지 않는 정도가 아니라 아예 여기를 떠야 해. 더구나 그가 사랑하는 루이지 산타크로체는 현재 불법 침입 및 강도 혐의로 구치소에 수감 중이었다. 물론 아직 판결이 난 건 아니지만, 그의 전과 기록으로 미루어 보건대, 그 혐의는 사실로 판명될 가능성이 상당히 높았다.

그러니 무엇보다도 모든 흔적을 지워야 해.

그는 잎이 많이 달린 가지를 하나 꺾어, 그 가지로 바닥을 쓸며 뒷걸음질 쳤다. 오솔길로 접어든 그의 이마에 닭똥 같은 땀방울이 맺혔다. 행여 남의 눈에 띌세라 최대한 몸을 굽힌 채 달려온 끝이었다. 다리에 도착한 뒤에야 그는 깊게 숙였던 몸을 일으켰다. 그는 모르는 여자의 영혼이 광명 속으로 들어가려고 버둥대고 있다는 것을 알면서도 그 자신이 아무런 도움을 줄 수 없었던 곳, 방금 떠나온 곳을 향해 마지막으로 한 번 더 눈길을 주었다.

그러는 동안 미친 남자는 모두 들으라는 듯 다시금

고함을 지르기 시작했다.「너희들 모두 꺼져 버려 모두 꺼지라니까 이 머저리 병신 같은 놈들아······.」

알폰소는 그따위 소리라면 두 번 다시 듣고 싶지 않았다. 강을 등진 그는 날랜 걸음으로, 남자 친구와 공동으로 세 들어 있는 작은 주방이 딸린 널찍하고 빛이 잘 드는 원룸으로 향했다.

3

흰 바탕에 튄
누런 오줌 방울

집으로 돌아온 여자는 개의 목줄도 풀어 주지 않고 신발까지 신은 채 곧장 욕실로 갔다. 하루라도 거르면 큰일 나는 월귤 주스를 마시기 위해 주방에 들르는 것조차 잊을 만큼 허둥댔다. 월귤 주스 마시기는 여자가 아침마다 자신에게 부과하는 일종의 의식이었다. 그러니까 그것만이 유일하게 천국에 그녀의 자리를 보장해 주는 것……은 아니고 — 젊디젊은 나이니만큼 여자는 그런 것엔 손톱만큼도 관심이 없었다 — 탄력 있고 성능 좋은 혈관을 보장해 주는 비법이었다. 우리끼리 얘기지만, 여자는 하느님보다 월귤 주스를 더 믿는 편이었다. 약이나 다름없는 이 열매 주스의 유일한 단점이라면 절대로 주스를 입안에 머금지 말고 단숨에 꿀꺽

삼켜야 한다는 점이었다. 타닌이 많이 함유된 몇몇 적
포도주, 여자가 저녁 모임 같은 곳에서 어지간해서는
마시지 않는 그런 포도주들처럼 월귤 주스 또한 여자가
6개월마다 미백 시술을 받아 가며 공들이는 치아를 변
색시킬 염려가 있기 때문이었다.

욕실의 전등을 켠 여자는 거울에 비친 자신의 모습을
관찰했다. 특히 얼굴을 찬찬히 살피던 여자는, 예상이
들어맞았다는 듯, 뭔가 그릇된, 완전히 그릇된 처신을
한 사람처럼 떨떠름한 표정을 지었다.

피상적이고, 이기적이며, 매사를 자기중심적으로만
생각하는 사람. 전날 레나토는 여자를 그렇게 평가했
다. 게다가 그는 그녀의 자아가 과도하게 팽창했다는
말도 덧붙였다. 그 말에 여자가 기다렸다는 듯이 흥, 최
소한 우리 커플 사이에 과도하게 팽창한 게 한 가지라
도 있네, 라고 쏘아붙이자, 그는 여자의 말을 농담으로
받지 않고 대뜸 화를 냈다. 그건 수컷들이 유머로 치부
해 버릴 수 없는 종류의 비아냥거림이었으므로.

요컨대, 분위기는 최악으로 치달았다. 레나토는 여자
에게 노상 섹스만 생각한다고, 그들 두 사람 사이엔 섹

스밖에 없다고 불평했다. 뭐, 그렇다고 해서 그가 그걸 싫어하는 건 절대 아니지만, 암튼 장래에 자기 자식들의 엄마가 될 여자가 오로지 자신의 몸에만 집착하고, 섹스를 건전한 식생활이나 운동과 마찬가지로 노화 방지를 위한 치료제로 여긴다고 생각하면 기가 찰 노릇이었다. 여자는 마치 섹스가 무슨 의식이나 마약이라도 되는 것처럼 거기에 유달리 집착을 보였다. 합법적이고 돈도 들지 않는 그 마약을 레나토는 이제까지 아무런 항의나 불평 없이 다량으로 공급해 주었다.

그랬다. 따지고 보면, 그는, 여자와 달리, 그의, 그 자신(난 말이지, 난 말이지, 난 말이지)의 속마음을 들여다보면, 사실 예민한 사람이었다. 그는 여자와 달랐다. 그는 노화를 담담하게 받아들이는 사람이니까. 더구나 서른이라는 나이에도 그는 노화란 퇴락이 아니라 성숙함과 동의어라고 이해하는 사람이니까. 「얼씨구, 성숙함 좋아하시네. 그런 말은 그 나이에도 여전히 미니카를 수집하고, 오줌 눌 때 변기 좌대도 들어 올리지 않는 사람에겐 어울리지 않거든.」

그 말에 열 받은 레나토는 이내 낯빛이 창백해졌다.

다시 한번 은연중에 그가 수컷임을 증명해 주는 물건에 대한 언급이 도마 위에 올랐다고 생각하자, 물론 성적인 맥락과는 아주 거리가 먼 암시였음에도, 백색 도기 변기 위에 튄 누런 오줌 방울에 대한 암시 때문에 그는 결정적으로 꼭지가 돌아 버렸다. 요란한 소리가 나게 문을 닫으며 그가 집을 나가 버린 것이었다. 집을 나간 그는 두 사람이 함께 살기 시작한 이후 처음으로 여자에게 미안하다고 사과하는 전화를 걸지 않았다. 여자는 밤새도록 휴대폰을 켜두었지만 헛일이었다.

두 사람의 결혼은 9월로 예정되어 있었다.

그런데 레나토와의 일만으로는 충분하지 않다는 듯, 죽은 여자가 자꾸만 여자의 머릿속에 떠올랐다. 여자는 아무래도 자기가 실수한 것 같았다. 그녀는 조금 전에 피상적이고 이기주의적이며 자신밖에 모르는 사람처럼 행동했다. 요컨대, 과도하게 팽창한 자아의 소유자임을 보여 주는 증거물을 하나 더 추가한 셈이었다. 여자는 파운데이션을 집어 들고 얼굴과 목에 펴 발랐다. 광대뼈 부근엔 시간을 들여 가며 공들여 볼 터치를 바르고, 아직 나타나진 않았으나 머지않아 등장할 것으로 예상되는 다크 서클 조절용 컨실러도 발랐다. 그런 다음 펜으로 입술 윤곽을 그리던 여자는 어째 그 빨간색이 죽은 여자의 발톱에 칠해져 있던 매니큐어 색깔과 닮은 것 같다는 생각이 들자 기분이 찜찜해졌다. 화장을 마무리하면서 여자는 경찰서에 전화해 신고하기로 마음먹었다. 죄책감에 시달리면서 하루를 보내게 되리라는 예감 때문에 도저히 견딜 수 없어서 공중전화 박스에서 익명으로 제보를 할 참이었다. 물론 공중전화 박스를 발견하게 되리라는 전제가 실현될 때에나 가능한 일이겠지만. 휴대폰이 생겨난 이후 공중전화는 완전히 자취를 감추었거나, 이민자들을 위한 콜 센터, 다시 말해서, 여자처럼 이민자가 아닌 사람들은 출입하지 않는 곳에서만 찾아볼 수 있는 진귀한 물품이 되고 말았다.

하지만 뭐니 뭐니 해도 레나토에게 전화를 거는 일이 시급했다. 공연히 세게 나가서 제 무덤을 파는 어리석은 짓은 절대 금지였다. 레나토만큼 훌륭한 결혼 상대는 찾기 어려우므로. 그는 외아들인 데다 집도 부자이고, 게다가 집안에서 경영하는 로펌에서 일하는 유능한 변호사인 것으로도 모자라서 그 로펌 또한 때가 되면 아버지에게서 물려받게 될 것이었다. 어디 그뿐인가, 그의 몸 안에 흐르고 있는 귀족의 피는 레나토라는 인물을 한층 더 돋보이게 하는 양념이었다. 반면, 여자로 말하자면, 흐음, 패션쇼와 화보 촬영에 종지부를 찍고 나자 — 그건 나이가 들어 모델로서의 수명이 다했다는 것도 이유였지만, 동유럽에서 대대적으로 밀려온 여자들 때문이기도 했다 — 판매 사원으로 전직한 처지였다. 물론 일하는 장소가 에르메스 매장이긴 했으나, 에르메스건 아니건, 판매 사원이라는 사실은 다를 바 없었다.

여자에게 가정을 이루고 싶은 마음이 있다면 하루바삐 서둘러야 하는 중차대한 나이였다. 여자의 생체 시계는 지금 이 순간에도 어김없이 재깍재깍 돌아가고 있을 테니까.

여자는 깊게 숨을 들이마신 다음 욕실의 전등을 껐다. 복도로 나온 여자는 그제야 개를 떠올리고는 녀석을 불렀다. 오스카는 뒤뚱거리며 곧 달려왔다. 걱정스러운 눈빛이었다. 여자는 목줄을 풀어 주고는 녀석에게 우쭈쭈쭈 우리 착한 강아지, 라면서 재빨리 녀석을 토닥거

려 주었다. 그러고 난 다음 여자는 신발을 벗고, 트레이
닝복을 벗었다. 정장을 차려입기에 앞서 여자는 핸드백
에서 휴대폰을 꺼내 레나토가 전화를 했는지 아니면 문
자 메시지라도 보냈는지 여부를 점검했다.

　둘 다 아니었다.

　실망감으로 가슴 한구석이 가라앉는가 싶더니 이내
목이 메었다. 여자는 무너지듯 침대에 털썩 주저앉았
다. 혹시 우리 두 사람 사이가 이런 식으로 끝나 버린다
면? 여자는 전화를 걸기 전에 일단 담배를 한 대 피우려
고 침대에서 일어나 창문을 열었다. 여자는 항상 창문
을 열고 담배를 피웠다. 집 안에서 오래 묵은 니코틴 냄
새가 나는 건 질색이었으니까.

　광장 위에 걸린 하늘에선 거대한 뭉게구름이 서쪽으
로 이동 중이었다. 저 멀리 묵직하게 용트림하면서 흘
러가는 잿빛 강물의 자태가 자못 위협적으로 느껴졌다.
여자는 곧 소나기가 쏟아지려는 모양이라고 짐작했다.
여자의 뱃속 어디쯤에선가 불안감이 작은 짐승처럼 안
절부절못하며 이리저리 배회했다. 운 나쁘게 시작해서
점점 더 고약해질 기미를 보이는 이날 들어 처음으로

여자는 자낙스[4]를 몇 방울 들이마실까 생각했다. 오늘 따라 삶이 여자에게 계속 태클을 걸어오는 중이었다. 여자는 절벽 끝에 서 있는 듯한 공황 상태였다. 레나토, 죽은 여자, 산화 작용, 이 모든 것이 하나로 똘똘 뭉쳐 여자를 공격하는 것만 같았다. 강한 의지로 무장한, 적극적이고, 사회성 뛰어나며, 열광적인 소비자인 이 젊은 나를 말이다.

내가 도대체 무슨 대단한 잘못을 저질렀기에 이처럼 운명이 나를 물고 늘어진단 말인가?

한 번에 한 가지씩, 여자는 그렇게 스스로를 타일렀다. 먼저 담배 한 대 태우고, 그다음에 전화를 건 다음, 신경 안정제를 복용하고, 마지막으로 매장에 나가 열심히 근무하는 거야. 새로 배달된 물품 상자를 뜯어 진열하고, 동성애자인 디스플레이 담당자가 제안한 과도한 매장 디스플레이 아이디어는 적당히 절제를 가해 응용하고, 고객들에게 듣기 좋은 아첨을 하다 보면 모든 건 다 제자리를 찾아갈 테지. 그래, 하지만 화가 난 레나토

---

4 벤조디아제핀 계열의 신경 안정제 제품들 가운데 하나로 불안증, 공황 장애, 우울증 등의 증세에 신속하게 효과를 내는 것으로 알려져 있다.

가 내내 입도 뻥긋 안 하고 침묵을 고수한다면 소더비에서 주최하는 명망 높은 갈라 파티 참석은 물 건너갈 수도 있어. 내가 그 파티에 가려고 얼마나 공을 들였는데. 검정 레이스 원피스, 그리고 새빨간 밑창으로 유명한 루부탱의 데콜테 힐도 벌써부터 준비해 두었잖아.

초대장엔 〈우리는 20세기 이탈리아 미술 경매 행사에 부인을 초대하게 되어 기쁩니다〉라고 적혀 있었다. 초대장엔 또 〈R.S.V.P.〉 즉 참석 여부 회신을 바란다는 말도 적혀 있었지만, 여자는 굳이 회신하는 수고 따위는 하지 않았다. 그런 일이야 언제나처럼 레나토의 비서가 다 알아서 처리할 테니까. 그래, 그런데 상황이 이렇게 되었으니, 이제 어떻게 되는 거냐고? 치사하게도 걸핏하면 부재중인 척하면서 상대를 피하는 뻔뻔한 남자 때문에 상처 입은 여자는 어떤 반응을 보여야 할까? 어떻게 행동해야 하는 거냐고? 아무 일도 없다는 듯, 혼자서라도, 파티를 주최하는 프라이빗 은행가의 살롱에 가는 게 나을까? 그렇지만, 거기 가면 그 은행을 통해서 집안 대대로 이어 오는 자산을 관리하고 증식해 나가는 레나토의 부모님과 마주칠 확률이 매우 높았다. 아니,

그보다 더 고약하게, 다른 여자를 데려온 레나토 본인을 만날 위험도 배제할 수 없었다. 아마도 법인세 전문가로 그의 로펌에서 일하면서 그의 신임을 얻고 있는 금발의 기회주의자, 그 여자를 데려올지도 모르지. 아니, 그건 차라리 나아. 자존심이라고는 손톱만큼도 없는 데다 늘 과장되게 열정적인 태도를 보이며 그에게 동의하고 순종하는 그의 비서, 요컨대 상처 입고서 복수 의지를 불태우는 수컷에게는 완벽하달 수 있는 젊디젊은 쭉쭉빵빵과 동행하지 않으면 다행이지. 이처럼 불길하기 짝이 없는 상상이 이어지는 가운데, 여자는 정말이지 완전히, 돌이킬 수 없게, 결정적으로, 뭔가 많이 모자라는 구질구질한 똥 덩어리 정도로 간주되는 수모를 당할 것이 확실하며, 그러한 수모를 당하고 나면 다시는 재기하기 힘들 판이었다.

담배의 마지막 모금을 빨아들인 여자는 힘껏 연기를 내뿜었다. 하얀 담배 연기는 광장 근처에 정체되어 있던 잔뜩 오염된 공기 속으로 녹아들어 갔다. 창문 아래쪽으로 눈을 돌리자, 아직 어린 티가 역력한 두 명의 청소년이 부둥켜안고 있는 광경이 보였다. 여자아이는 어쩐 일인지 괴로워하는 기색이었고, 남자아이는 그 곁에서 그런 여자아이의 머리를 쓰다듬어 주는 모습이었다. 그 순간, 여자는 그 남자아이가 자기 곁에 있어 주기를 소망했다. 여자에게는 그저 약간의 다정함이 필요했다. 왜 레나토는 한 번도 내 머리를 쓰다듬어 주지 않는 걸까? 그 질문에 대한 답은 이랬다. 여자는 공들여서 매만진 머리 모양이 망가지는 걸 원치 않았으니까.

여자가 그렇게 생각하는 동안에도 두 청소년은 벤치에 앉아 있었다.

4

말은 아무 소용 없다

그 사이 벤치에서 부둥켜안고 있던 두 청소년은 싸우기 시작했다. 토라진 여자아이가 자신의 머리를 쓰다듬던 남자아이의 손을 밀쳤다.

「왜 나를 밀어내는 거야?」놀란 남자아이가 물었다.

「그러고 싶지 않아서. 난 지금 마음이 편치 않아, 알겠어? 모처럼 적절하게 처신할 수 있었는데, 우리는 비겁했어. 우리는 구역질 나는 사람들이야. 나는 나 자신이 꼴도 보기 싫어.」

「너무 심하잖아.」

「내가 너무 심하다고?」남자아이에게서 팔을 빼낸 여자아이가 벤치 한쪽 끝으로 멀찌감치 떨어져 앉으며 빽소리를 질렀다.

「난 네가 완전히 다른 사람 같아.」여자아이가 혼잣말처럼 덧붙였다. 자리에서 벌떡 일어나고 싶었지만, 두 다리가 잘 버텨 줄지 의문이었다.

「나는 나야, 야코포.」남자아이가 우물거렸다. 「야코포 맞다니까. 내 말 좀 들어봐, 발렌티나…….」

「싫어, 난 더 이상 아무 말도 듣지 않을 거야. 아무 말도 듣고 싶지 않아. 난 그냥 여기서 도망치고 싶어.」

기어코 여자아이는 일어나더니, 얼빠진 사람처럼 고개를 푹 숙이고 양팔을 축 늘어뜨린 채 광장 한가운데로 걸어갔다.

「발렌티나!」야코포가 소리쳤다. 「기다려! 지금 뭐 하는 거야?」

여자아이는 신발 끝만 내려다보면서 계속 걸었다. 남자아이가 달려와서 자기를 따라잡고, 자기 앞을 가로막고서 양어깨를 마구 흔들어 댈 때까지.

「제발 부탁이야, 발렌티나. 어딜 가는 거야?」남자아이가 애원하는 투로 물었다.

「네 말을 듣지 말았어야 했어. 그 불쌍한 여자 말인데, 난 경찰에 전화할 거야. 너랑 같이 있었다고는 말하지 않을 테니 염려 마.」

여자아이는 두 손을 얼굴로 가져가더니 손톱이 뺨을 파고든다 싶을 정도로 힘을 주어 손가락을 얼굴 속으로 박았다. 그러다가 한순간 손톱을 더 힘껏 살 속으로 밀어 넣어 버릴까, 그래서 신체적인 고통이 느껴지면 그 고통보다 더 큰 고통, 실망감과 수치심이라는 고통에서 벗어날 수 있지 않을까 생각했다.

결국 야코포 트라넬리에 관한 한 엄마가 제대로 본 셈이었다. 엄마는 그를 이기적이고 피상적이며 어린애 같고, 솔직히 말해서 그다지 영리하지 않은 것 같다고 평가했으니까. 요점만 간단히 말하자면, 얼마 가지 못할 남자라는 것이었다. 발렌티나로 말하자면 그를 따라 베를린으로 가서 새 삶을 시작하려고 단단히 마음먹고 있던 참이었는데 말이다.

둘이 서로 사랑하니까, 모든 건 간단했다.

그렇지만 엄마는 딸에게 경고했다. 모름지기 사랑한다는 이유 하나로 남자를 선택해서는 안 된다고. 「절대 사랑 따위에 인생 걸지 마라, 딸아. 사랑이란 언젠가 끝이 나기 마련이고, 죽어 버린 사랑보다 더한 죽음은 없거든. 넌 그 죽어 버린 사랑을 껍질처럼 두르고서 하루하루를 살아가야 하지. 그 죽어 버린 사랑과 네 침실, 네 침대를 함께 써야 하는 거라고. 거추장스러운 허물 같은 그것이 썩어 가면서 내는 악취도 호흡해야 한단 말이다.」

지금 여자아이의 경우엔 거추장스러운 허물이 한 개도 아니고 두 개인 셈이었다. 강가에 죽은 채 버려져 있던 그 여자까지 계산에 넣어야 할 테니까. 발렌티나는 야코포가 어떤 논리로 두 사람이 살아오면서 처음으로 겪게 된 시련과 정면으로 맞서지 말자고 자신을 설득하려 했는지 앞으로도 도저히 잊을 수 없을 것 같았다.

「그래, 내가 잘못 생각했어.」 야코포가 선뜻 인정했다. 「그래서, 넌 이제 어떻게 하고 싶은데?」

여자아이가 얼굴에서 두 손을 떼어 내자 볼에 생긴 빨간 자국이 고스란히 드러났다.

「우선 거기로 돌아간 다음 경찰에 연락하고, 경찰에서 누군가를 보낼 때까지 현장에서 그 시체를 지키는 거지.」

야코포는 고개를 저었다. 「공중전화에서 익명으로 거

는 게 나을 것 같지 않아?」

「아니, 넌 아직도 상황을 이해하지 못하는구나? 버려진 사체가 네 것일 수도 있단 말이야, 이 멍청아! 혹시들쥐들이 벌써 여자의 내장을 물어뜯기 시작했을지도 모르는데…….」

발렌티나는 부르르 몸을 떨었다.

「너 혹시 이 시(詩) 기억나? 입술을 물어뜯긴 채 영안실 침대 위에 누워 있는 여자의 시 말이야, 쥐들이 그 여자 뱃속에서 새끼를 낳아서, 어린 쥐들은 여자의 간을 파먹고, 여자의 피를 빨아먹으면서 산다는 그 시…….」

「그만해!」 야코포가 질겁하며 소리 질렀다.

「죽은 사람들도 피는 여전히 액체라잖아…….」

「제발 그만하라니까, 끔찍하지도 않니!」

「응고는 적극적인 생명 활동 과정이거든. 그래서 죽은 몸 속에서는 혈액의 밀도가 높아지지 않고 조직 속으로 확산되면서, 응고되지 않고 고여 있다잖아…….」

「빌어먹을, 발렌티나, 너 정말 왜 이래, 어떻게 그토록 음울하기 짝이 없는 것들을 다 기억하는 거지?」

「난 고트프리트 벤의 시들은 잘 기억하거든, 네가 네

고객들 전화번호를 기억하는 거나 똑같은 이치지.」

「너 설마 내가 대마초를 판다는 이유로 나에게 죄책감을 왕창 안겨 줄 작정은 아니지? 내가 돈을 벌면, 너한테도 좋잖아, 안 그래?」

「넌 너 좋을 대로 해, 암튼 난 거기로 갈 테니까.」

「아니, 기다려, 나도 같이 갈게. 일단 이 물건들이나 잘 숨겨 둔 다음에 경찰에 전화하자. 네가 정 그러고 싶다면, 그렇게 하자고. 하지만 네가 또다시 울렁거리게 된다면, 그건 다 네가 자초한 거니까, 그리고 나는 거기에 대해서 너한테 여러 차례 경고했다는 사실만큼은 잊지 말아 줬음 좋겠어…….」

「너한테 경고했다, 너한테 경고했다…… 네가 늘어놓는 말들, 네가 하는 약속…… 나도 잘 알지, 암, 잘 알고말고…….」

발렌티나는 머릿속으로 야코포가 이제까지 여러 해 동안 떠벌린 말들의 목록을 작성해 보았다. 그런 말들 때문에 나는 사랑에 빠졌지, 가령:

너의 눈 속엔 「왕좌의 게임」[5]에 나오는 용 엄마 대너

5 조지 R. R. 마틴의 판타지 소설을 원작으로 한 드라마.

리스 같은 빛이 있어.

네 어머니는 우울증 기가 있어.

네 아버지는 멍청해.

난 네 젖가슴이, 작긴 하지만, 그래도 좋아. 게다가 난 그게 작기 때문에 특히 더 좋아.

그리고 무엇보다도, 아무것도 우리를 막을 순 없어, 절대.

그렇지만 현실로 돌아오니, 두 사람을 막아서는 무언가가 있었다.

「야코포, 맨날 말만 해봐야 아무 소용 없어. 말은 아무짝에도 쓸모가 없다고.」 발렌티나는 강을 향해 걸어가면서 확실하게 못을 박았다.

5
하늘에 계신 우리 아버지

기하학적인 형태를 만들어 가며 하늘로 비상하는 오리들의 군무에서 멀어진 그의 시선은 진흙이 잔뜩 섞인 잔잔한 강물의 수면 위로 미끄러지듯 내리꽂혔다. 자그마한 섬에 내려앉은 왜가리 한 마리가 그의 눈길을 끌었다. 녀석은 마치 십자가에 달린 듯 양 날개를 활짝 편 채 꼼짝 않고 꼿꼿하게 서 있었다. 곧 비가 내릴 것임을 암시하는 자세였다. 불안감이 목젖 언저리까지 치고 올라왔다. 죽은 여자가 꼼짝없이 비에 젖게 생겼으니까.

그는 여자 곁으로 돌아가서 방수 재킷으로 여자를 감싸 주어야겠다고 생각했다. 아끼는 재킷이긴 하지만, 그래도 그는 재킷보다는 여자에게 더 애착을 느꼈다. 하지만 되돌아가기란 쉽지 않았으므로 그는 어찌해야 할지 갈피를 잡지 못했다. 그래서인지 이쪽으로 고개를 돌렸다가 다시 저쪽으로 돌리곤 했다. 요컨대 잔뜩 겁먹은 새들과 비슷한 동작을 계속 반복했다. 그는 생각을 가다듬기 위해 잠시 일어나 앉았다가 다시 벌렁 누워 버렸다. 그러던 그의 눈에 강가에 떨어진 핸드백이 보였다.

그는 손목 하나가 겨우 들어갈락 말락 할 정도로 앙증맞은 손잡이가 달린 빨간 가죽 핸드백에서 눈을 떼지 않은 채, 양 무릎을 꿇고 천천히 핸드백 쪽으로 다가갔다. 여자들이 한 손으로 쥐고서 몸에 딱 달라붙게 들고 다니거나, 손잡이를 팔꿈치 안쪽에 걸고서 가슴 높이쯤에 끼고 다니는 그런 가방이었다. 이 경우 대개 장갑 낀 손을 늘어뜨림으로써 자연스럽게 드러나는 팔찌나 명품 손목시계가 햇빛을 받아 반짝이도록 연출하게 마련이다. 현재 그의 주머니를 불룩하게 만들고 있는 구두와 똑같은 색인 걸 보면 죽은 그녀의 핸드백이 틀림없었다.

무슨 일이 있어도 반드시 핸드백을 손에 넣어야 한다는 데에는 이론의 여지가 없었다. 그 핸드백을 재앙으

54

로부터 구해서 구두와 함께 안전한 구덩이 속에 넣어야 할 것이었다. 그것들도 그곳에서, 땅속에서, 다른 모든 아름다운 물건들과 함께 서서히 썩어 가도록 해야 할 것이었다. 슈퍼마켓 여직원이 즉시 마셔야 한다고, 그렇지 않으면 다음 날 다 상해 버릴 테고, 그러면 그걸 마신 그는 배탈이 날 거라고 주의를 주면서 그에게 준, 유효 기간 지난 우유의 포장 용기들 속에 감춰져서 안전하게 보호되고 있는 그의 소중한 물건들. 아, 배탈이 나다니! 그는 절대 아픈 법이라곤 없었다. 그는 황소처럼 튼튼했다. 아무려나, 그는 우유를 마시기보다는 상자째 쌓아 두기를 더 좋아했다. 그는 그 상자들과 흙으로 자신의 소유지를 표시하고 그의 재산을 보관할 수 있도록 일종의 담벼락을 세웠다. 혹시라도 그 담벼락이 무너진다면 그는 기꺼이 다시 일으켜 세울 것이었다. 손재주로 말하자면, 그는 꽤 재주가 있는 편이었다. 그는 지금 이 순간만큼 자기가 만든 은신처를 자랑스럽게 여긴 적이 없었다. 앞으로 그곳에 고이 모셔 두어야 할 보물이 생겼으니까.

어떤 의미에서 보자면, 그는 항상 아주 중요한 무엇

인가, 그의 삶에 끼어들게 될 그 무엇인가를 위해서 이 담벼락을 쌓아야 하리라는 걸 미리 알고 있었던 것 같았다. 그가 힘이 조금만 더 세었다면 여자의 시체까지도 이곳으로 끌고 왔을 텐데. 하지만 그의 안에서 무엇인가가 그렇게 하지 않는 편이 더 나을 거라고, 본래 시체들은 국가 — 그가 멍청한 짓을 할 때마다 그를 〈의국〉의 서쪽 병동에 가두어 둘 수도 있는 그 무서운 국가 말이다 — 소관이라고 속삭였다. 안 돼, 시체는 가만 내버려 두는 게 나아, 일단 시체란 가족들에게 돌아가야 하고, 그런 다음에 국가에서 그것들을 묘지에, 우리의 영원한 안식처에, 가지런히 줄 맞춰 정돈하는 법이니까. 그래야 마침내 휴식에 들어갈 수 있거든. 아, 나도 휴식에 들어가고 싶어, 해야 할 임무만 아니라면, 나만의 지극히 사적인 안식처를 채우는 그 일만 아니라면 말이야.

기다란 막대기를 주우려던 그는 아래로, 강물 쪽으로 미끄러졌다. 미끄러운 길에서 슬리퍼는 아무런 도움도 되지 못했다. 그저 질척거리기만 할 뿐이었다. 그가 엉덩방아를 찧으면서 신고 있던 슬리퍼마저 한쪽이 벗겨

졌다. 슬리퍼가 벗겨진 발엔 이제 테니스 양말 한 짝뿐
이었다. 그래도 운이 좋았는지 마침 양말을 신고 있던
쪽 슬리퍼가 벗겨졌다. 처음엔 흰색이었을 테지만 이젠
회색이 되어 버린 양말 밖으로 꼬질꼬질 때 낀 발가락
들이 고개를 내밀었다. 그럼, 전혀 호의적이지 않은 상
황에서도 난 얼마든지 계속할 수 있어, 이건 심지어 나
에게 끈기를 갖고 덤비라는 신호 같기도 해. 막대기를
핸드백 손잡이 안으로 밀어 넣는 데 성공한 그가 두 손
으로 막대기를 들어 올려 오른쪽 방향으로 돌리자 핸드
백은 이내 나뭇잎들과 숱 많은 가지들, 희고 작은 꽃들
이 마구 뒤섞여 있는 더미 위로 떨어졌다. 그는 잽싸게
덤불 쪽으로 달려갔다. 하필이면 못 하나가 양말의 두
발가락 사이에 구멍을 뚫고 비죽 솟아 올라왔다. 그는
담담하게 미소 지었다. 이토록 많은 신호가 그의 운명
이 나아가는 길을 격려하다니, 그는 그저 행복하기만
했다. 그 못이 살갗을 뚫어 버리지 않았다는 사실은 그
가 하는 일이 정당함을 의미했다.

　지난번에 그가 못을 밟았을 땐 발이 소시지처럼 통통
부어올랐는데 말이다. 못이 조금만 더 깊이 박혔더라면

발을 잘라야 했을 겁니다, 라고 젊은 의사가 말하지 않았던가. 그는 양말에서 못을 빼낸 다음 핸드백을 집어 들고는 얼른 금속으로 된 잠금장치를 살폈다. 가방은 곧 열렸다. 안에는 휴대폰, 빨간 가죽 장갑 한 켤레, 지갑, 집과 자동차 열쇠, 자그마한 새들과 대화를 나누는 프란치스코 성자가 새겨진 메달이 들어 있었다. 그가 날쌔게 성자 메달을 챙길 때 핸드백이 바닥으로 떨어졌다. 이 또한 신호야. 새들과 대화하는 성자라니, 꼭 나 같잖아. 그는 메달에 입을 맞추고, 여자의 향기를 떠올리게 하는 향수의 냄새를 맡았다. 그때 갑자기 눈앞이 뿌옇게 흐려지자 그는 얼른 무릎을 꿇고 기도를 올리기 시작했다. 「하늘에 계신 우리 아버지, 제 머리 위를 날아다니는 새들처럼 저도 버리지 말아 주세요, 제발 저를 버리지 마세요, 저를 버리지 마세요, 저에게 매일 먹을 빵을 주세요, 저의 무례를 용서해 주세요…….」

거기서 그는 말문이 막혔다. 당황한 태도로 주변을 살폈다. 혹시라도 누가 듣고서 놀려 댈까 봐 불안했다. 하지만 그에게 주의를 기울이는 사람이라고는 이제껏 아무도 없었다. 그 자신이 제발 모두가 그를 무시해 줬

으면 좋겠다고 생각할 때만 빼면. 그럴 때면 이상하게
도 모두가 그의 말을 듣고서 그를 이해하려고 기를 썼
다. 그에게 수백 수천 가지 질문을 해대면서 그의 입에
서 나오는 한마디 한마디를 평가하던 그 여자 치료사처
럼 말이다. 그가 〈상한 우유〉라고 말하면 치료사는 다
알고 있다는 듯한 우월감이 잔뜩 묻어나는 어조로 그를
부추겼다. 〈어머니에 대해서 이야기해 보세요〉라고 한
다거나 〈화장실엔 규칙적으로 가십니까? 혹시 변비는
아닌가요?〉 같은 걸 묻는 것이었다. 그러면 그는 고함을
지르는 것으로 대답을 대신했다. 특별한 증거가 나타나
지 않는 한, 그의 엄마와 똥은 오로지 그만의 문제가 아
닌가 말이다.

그는 용기를 내서 다시금 기도하기 시작했다.

「하늘에 계신 우리 아버지, 제 머리 위를 날아다니는
새들처럼 저도 버리지 말아 주세요, 제발 저를 버리지
마세요……. 하늘에 계신 우리 아버지, 제 머리 위를 날
아다니는 새들처럼 저도 버리지 말아 주세요, 제발 저
를 버리지 마세요……. 저에게 매일 먹을 빵을 주세요,
저의 무례를 용서해 주세요, 제발 부탁입니다, 제발 부

탁해요, 그러니 이제 꺼져. 너희들 모두 이제 꺼지라고, 모두 꺼져 버리라니까. 나를 가만 놔두라고.」 그가 고함을 질렀다. 깜짝 놀란 왜가리가 날개를 접더니 망설일 것도 없이 하늘로 날아올랐다.

6
초콜릿 빵, 크림 빵

집으로 돌아온 알폰소에게 후회가 밀려왔다. 그 여자는 분명 죽어 있었고, 거기에 관해서는 전혀 의심할 여지가 없다. 그런데도 마음이 편치 않은 건 그가 죽은 여자의 영혼이 광명을 향해 나아가는 과정에 동행하려는 노력을 전혀 기울이지 않았기 때문이었다. 조금 더 산문적으로 말하자면, 그러니까 완전히 시민 윤리의 관점에서 보자면, 그는 경찰에 알렸어야 마땅했다. 이를테면 그저 간단한 신고 같은 거 말이다. 그런데 루이지가 수감된 상태인 만큼, 잠자코 납작 엎드려 있는 편이 나았다. 비록 그렇게 함으로써 지금 이 순간에도 아름답고 우아한 여인들만 골라서 죽이는 연쇄 살인범이 자유롭게 시내를 활보하는 한이 있더라도 말이다.

사실 그랬다. 알폰소는 걱정이 되었다. 그는 걱정이
되는 데다, 도대체 뭐가 어떻게 되는 건지 몹시 혼란스
러웠다. 마음이 극심하게 동요했다. 부정적인 생각에
사로잡히지 않기 위해서 그는 일생일대의 사랑과의 운
명적인 만남을 추억하는 데에 온 정신을 집중했다. 모
든 아름다운 꿈에서 으레 그렇듯이, 그는 새벽에 불쑥
모습을 드러냈다. 루이지 산타크로체는 거침없고, 저항
할 수 없는 모습으로 포리 임페리알리[6] 근처 크루아상
가게의 지하 화덕으로 내려가는 계단에 나타났다. 알폰
소 페트루케티, 일명 카루나는 보편적 에너지(다른 말
로, 신)가 지구상에 허락해 준 주말이면 밤마다 거기서
일했다.

　크루아상 가게에서 야간에 근무한 덕분에 알폰소는
본래 직업을 통해서 벌어들이는 쥐꼬리만 한 수입, 벌
이라고 하기조차 민망한 수입을 약간이나마 늘릴 수 있
었다. 걸핏하면 발휘되는 측은지심 때문에 그는 돈 안
되는 무료 봉사에 너무 자주 불려 다니는 것이 사실이
었다. 그렇기 때문에 알폰소는 주말 밤마다 반죽을 치

　6 로마 시내에 위치한 유적지.

댔고, 치댄 반죽을 화덕에 넣었으며, 다 구워진 크루아
상을 쟁반에 늘어놓고, 반을 갈라서 고객의 입맛에 따
라 그 안을 크림이나 초콜릿으로 채웠다.

업계에서 사용하는 전문 용어로는 이렇게 배를 채운
크루아상을 가리켜 〈흰쥐〉 또는 〈검은쥐〉라고 불렀는
데, 이처럼 고전적인 두 가지 외에 세 번째 이름, 즉 초
콜릿과 크림의 조화로운 결합을 의미하는 〈콤비 쥐〉를
추가해야 할 판이었다. 그리고, 알폰소가 루이지와 조
화롭게 〈콤비〉로 결합할 수 있었던 것도, 알고 보면, 이
런 식으로 크루아상의 배를 채우는 방식이 다양해진 덕
분이었다.

루이지라는 인물에 관해서라면, 우선 그가 신은 검고
끝이 뾰족한 구두가 제일 먼저 알폰소의 눈에 들어왔
다. 이어서 발목 부분은 꼭 조이지만 허벅지 쪽으로 올
라갈수록 폭이 넓어지는 짙은 빛깔의 바지. 북아프리카
사막의 베르베르족 족장이나 장터의 집시, 불을 삼키는
차력사 같은 이들이 즐겨 입는 바지로, 너무 헐렁헐렁
하게 재단된 탓에 아무리 뜯어보아도 자연이 과연 바지
임자의 물건에 어느 정도의 성적(性的) 역량을 부여해

주었는지 짐작할 도리가 없었다. 그러므로, 이 문제에
관해서라면, 알폰소-카루나는 그저 자신의 직관에 의
존하는 수밖에 없었다.

그런데 뛰어난 상상력의 소유자인 알폰소-카루나는
그 바지 위로 드러난 벗은 상체 덕분에 즉각적으로 확
신을 얻을 수 있었다. 문신을 새겨 넣은 근육질의 맨살
에 걸친 검은 비단 조끼는 헤라클레스를 연상시키는 어
깨를 한결 강조하는 것이 아닌가. 게다가 황소처럼 건
장한 목에 건 은목걸이가 길고 숱이 풍성한 검은 턱수
염 사이로 언뜻언뜻 드러나면서 루이지의 저잣거리 왕
자다운 풍모가 완벽하게 완성되었다.

〈도대체 당신은 누구죠?〉 돌연 나타난 고객의 이국적
인 시선과 마주친 알폰소-카루나는 그 순간 속으로 이
렇게 묻지 않을 수 없었다. 이런 상황에서라면 으레 그
래야 하는 것처럼, 검게 칠한 아이섀도 때문에 한층 더
밝게 빛나는 루이지의 두 눈. 알폰소는 그 두 눈에 넋을
빼앗긴 채, 활활 타오르는 두 개의 불꽃 같다고 생각했
다. 아니, 그 두 눈 속에 빠졌다고 해야 하려나.

파비오, 1미터 90센티미터라는 키에도 불구하고 일

명 〈꼬마 파비오〉라고 불리는, 알폰소의 동료이자 계산대를 담당하는 파비오 — AS 로마의 울트라 팬이기도 한 그는 놀랍게도 법대 출신이지만, 동맥 혈압이 지나치게 낮은 탓에 정오가 될 때까지는 일어날 수가 없어서 변호사 일을 도저히 할 수 없었다 — 는 루이지를 보며 빈정거렸다.

「어라, 이 친구 좀 보게, 요술 램프 하나만 쥐여 주면 딱이겠는걸.」

알폰소가 다가갔다. 그에게는 손님들을 상대할 의무가 없었지만, 그렇다고 그가 손님들과 한두 마디 나누는 것이 문제가 될 이유는 전혀 없었다. 혜성처럼 갑자기 나타난 고객은 이미 계단을 다 내려와 계산대 위에 양 팔꿈치를 턱 걸치고 있는 중이었고, 덕분에 좀처럼 눈에 띄지 않는 근육 — 안마사 카루나로서는 어디까지나 직업적인 관점에서 말하건대, 존재조차 모르고 있던 근육 — 이 드러나 보였다.

알폰소는 잘 알려진 광고 포스터를 위해 피부 빛깔과 같은 색의 멜빵을 제외하고는 옷을 몽땅 벗은 채로 포즈를 잡은 무용수 로베르토 볼레[7]의 몸을 볼 때도 이와 똑같은 놀라움을 경험했다. 볼레의 경우, 그는 분명 포토샵으로 손질한 사진일 것이라고 추측했다. 그런데 지금 이렇게 그의 눈앞에 서 있는 3차원적인 인물은 그와는 완전히 달랐다. 그 어떤 조작도 거치지 않고 탱탱하게 살아 있는 살점은 숨이 막힐 정도의 아름다움, 견딜 수 있는 한계점에 이른 위태로운 아름다움을 보여 주는 것이었다.

「손님, 어떤 것을 원하시는지요?」 꼬마 파비오가 물었다.

「크루아상.」 불을 뿜는 차력사가 프랑스식 말투로 대답했다.

꼬마 파비오는 알폰소 쪽으로 몸을 돌렸다.

「알포, 이 프랑스 사람이 크루아상 달래.」

「어떤 크루아상? 초콜릿? 크림? 아니면 둘 다 섞은 걸로?」 알폰소가 물었다.

「그냥 크루아상으로 주쇼.」 프랑스 사람으로 지목된 손님은 아무렇지도 않다는 듯 꼬마 파비오의 셔츠 멱살

---

7 Roberto Bolle(1975~). 언론에 노출되는 빈도가 매우 높은 이탈리아 출신 스타 무용수.

을 잡아 그를 가뿐히 들어 올리며 대답했다. 그는 토템 조각처럼 엄숙한 표정을 지으며 똑 부러지게 덧붙였다. 「나, 이탈리아 사람이거든.」

「어이, 이봐요! 이봐요!」 알폰소가 용감하게 저잣거리 왕자의 우락부락한 양 팔뚝과 공중에서 버둥거리는 동료 사이에 끼어들었다. 「부탁이니 얼른 그 사람 내려 놓으세요. 농담을 입에 달고 사는 사람이라 그래요, 입만 열면 자기도 모르게 농담이 튀어나온다니까요. 우리 가게에 오신 손님이니까, 빵은 선물로 드릴게요⋯⋯ 그러니까 크루아상 말이죠.」

손가락마다 반지를 낀 두툼한 두 손은 그제야 쥐고 있던 멱살을 놓았다.

「난 자네가 마음에 들어.」 꼬마 파비오는 손바닥으로 차력사의 삼각근을 슬쩍 건드리며 기어들어 가는 소리로 말했다. 「빌어먹을, 자넨 정말 힘이 장사야. 그래서 마음에 든다니까. 그런데 어디서 왔지?」

「북부에서.」

「으흠⋯⋯ 개인적인 의견이지만, 우리 가게의 특제품을 권해 드리고 싶습니다. 우리가 생쥐라고 부르는 제품인데, 초콜릿과 크림 두 가지로 속을 채운 크루아상을 추천합니다.」알폰소가 제안했다.

「자네가 정 그러고 싶다면, 좋아, 두 가지로 속을 채운 생쥐, 그걸로 하지.」

불을 뿜는 차력사는 초콜릿과 크림 두 가지로 속을 채운 생쥐를 일곱 개나 먹었다. 그러더니 돈을 한 푼도 내지 않은 것은 물론이고 고맙다는 인사조차 없이 가게를 나갔다. 일과를 마치고 나오던 알폰소는 한 다리를 벽에 기댄 채 두 손을 허리춤에 얹고 입엔 담배를 물고서 그를 기다리고 있던 저잣거리 왕자를 보았다. 시커먼 턱수염엔 그때까지도 하얀 크림이 군데군데 묻어 있었다.

이렇게 해서 알폰소의 운명은 한순간에 바뀌었다. 현재 그는 일생일대의 사랑과 함께 산다. 아니 그보다는 일생일대의 사랑이 집으로, 그가 무지 싫어하는 이 북부 도시, 그가 광명을 찾아 방황 중이던 자신의 영혼을 새로운 운명에 맡겨 버린 이 도시로 돌아올 수 있도록 등골이 휘어져라 변호사 비용을 대고 있다는 말이 더 정확했다.

7
바코드여 안녕

　발렌티나와 야코포는 113에 신고하지 않았다. 강가에 버려진 여인의 사체를 살피러 가지도 않았다. 두 사람은 광장을 가로지르던 중에 페를라——페를라 트로이야——를 만났다. 페를라는 고등학교 친구였다.

　발렌티나와 페를라는 함께 나누어 가진 추억이 많았다. 물론 그중에는 좋은 추억도 있고, 덜 좋은 추억도 있었다. 덜 좋은 추억 가운데에는 같은 반 남학생들과 싸웠다는 이유로 벌을 받은 기억도 부지기수다. 페를라의 성(姓)인 트로이야[8]가 상상력을 자극해 야릇한 영감이 솟구칠 때면, 남학생들은 하루에도 몇 번씩 교실 칠판

---

　8 Troya. 이탈리아어로 〈암퇘지〉를 뜻하는 단어 *troia*와 발음이 비슷하며, 이 단어는 매춘부를 일컫는 속어이기도 하다.

에 외설적인 농담들을 적어 놓곤 했다. 예를 들면 이런 식이었다. 〈페를라 트로이야와 함께라면 친구들도 같이 즐길 수 있지.〉〈지루함을 떨쳐 버리려면 페를라 트로이야에게 문의해 봐.〉 그것마저도 귀찮은 게으름뱅이들이나 시적으로 전혀 재주가 없는 녀석들은 아주 간단하고 1차원적인 글귀로 만족했다. 〈페를라 트로이야 = 창녀.〉

페를라는 한사코 같이 커피 마시러 가자고, 자기가 쏘겠다고 우겼다. 발렌티나는 친구의 청을 받아들였다. 야코포의 당황한 표정 따위엔 전혀 신경 쓰지 않았다. 「사실 따지고 보면, 5분, 그러니까 내 말은 커피 한 잔 마시는 시간쯤으로 크게 달라질 건 없잖아. 죽은 여자가 어디로 달아날 것도 아닌데 말이야.」 발렌티나는 그의 귀에 대고 이렇게 속삭였다.

커피 잔을 앞에 놓고 앉자 페를라는 입이 심심한데 혹시 피울 만한 거 뭐 없느냐고, 괜찮은 대마 한 대 있으면 오랜만의 만남을 축하하기엔 더할 나위 없이 좋지 않겠느냐고 은근히 제안했다. 야코포는 자기가 개인적으로 사용하는 감초 사탕 상자를 꺼내더니 그걸 페를라 코앞에서 열었다. 야코포 트라넬리는 잠재적인 고객을 알아보는 데에는 일가견이 있었다. 그는 이 사람이다 싶으면 우선 상품을 보여 주고, 미래의 단골로 만들겠다는 계산으로 무료 견본도 제공했다.

「와아!」 페를라가 감탄사를 연발했다. 「이 정도면 하루 종일 낙원을 거닐겠는걸.」

발렌티나가 만류하고 나섰다. 우린 시간이 없어, 지금 곧 가야 해, 꼭 전화해야 할 데가 있어.

「그럼 지금 전화 걸면 되잖아.」 페를라가 되물었다. 「뭐가 문제야?」

「아무 문제도 없지. 그냥 좀 미묘한 이야기라서.」

「그러면 조금 있다가 걸든지.」

「조금 있다가는 약 기운에 취하게 될 거잖아. 이건 급한 일이야.」

「젠장, 발렌티나, 그러지 말고.」 페를라가 고집을 부렸다. 「나 지금 기분 엄청 꿀꿀하거든. 엄마 아빠가 이혼한다잖아…….」

할 수 없이 전화 통화는 뒤로 미뤄졌고, 세 사람은 바로 근처에 있는 페를라의 집으로 가서 같이 대마를 피우기로 했다. 마침 집에 아무도 없다는 것이었다. 아빠는 시골집으로 거처를 옮겼고, 엄마는 별거 아닌 성형 시술을 받으러 가느라 하루 종일 집을 비운다고 했으니까. 그러나 페를라가 문을 열자 같이 대마를 피우자는 계획은 수포로 돌아가고 말았다. 트로이야 부인이 두 손으로 얼굴을 가린 채 흑흑 흐느끼며 소파에 누워 있었기 때문이었다.

「엄마, 여기서 뭐 해?」페를라가 문지방 앞에서 이러지도 저러지도 못하고 갈팡질팡하는 친구들을 그대로 내버려 둔 채 물었다.

「우린 그냥 돌아가는 게 좋겠어…… 보아하니 네 엄마한테는 네가 필요할 것 같아.」발렌티나가 우물쭈물 입을 열었다.

「무슨 소리! 어차피 엄마는 노상 울고 짜는데 뭐. 달라질 건 하나도 없어.」페를라가 장담했다.「저기, 엄마, 그러지 말고 맨날 먹는 약이나 한 봉지 챙겨 먹고 방에 가서 좀 쉬는 게 좋지 않을까?」

「무슨 일 있으세요?」야코포가 끼어들었다.

「아아, 난 이제 끝났어, 다 끝났다고…….」트로이야 부인이 얼굴을 가리고 있던 두 손을 떼자, 시퍼렇게 멍이 든 채 퉁퉁 부어오른 입술이 드러났다.

「엄마! 이런 젠장, 도대체 그 꼴이 뭐야?」

「나를 이 꼴로 만들다니. 난 그저 조금 더 예뻐지고 싶었을 뿐인데 말이야. 바코드 같은 입가의 잔주름을 싹 없애 준다고 했는데, 이게 뭐야…….」

「누가 그랬다는 거야? 누가 그런 소릴 했어, 엄마?」

「바코드라니?」야코포가 또 끼어들었다. 그는 돌아가는 상황에 별안간 구미가 당기기 시작하는 모양이었다.

「사람들이 엄마를 밉게 만들었네, 이 일이 아니라도 벌써…….」

「페를라! 지금은 그런 말 할 때가 아니야.」발렌티나가 친구를 나무랐다.

「하지만 좀 보렴, 우리 엄마가 어떤 꼴인지.」

「알아, 나도 안다고. 네 말이 다 맞아, 딸아, 내가 멍청한 거지.」페를라의 엄마가 담배에 불을 붙이며 푸념을 했다.

「아빠한테 전화할게. 그놈들, 소송 걸어 버리자고.」

「안 돼애애애!」얼굴이 일그러진 엄마가 소리 질렀다. 「네 아빠에게 이런 꼴을 보인다는 건 있을 수 없어.」

「아무려나……..」

「아무려나, 뭐?」

「아무려나 이젠……..」

「아니, 그런데 바코드 얘긴 뭐냐니까?」 야코포가 끈질기게 물었다.

「너희 둘 다, 됐거든!」 참다못해 그의 말을 끊은 발렌티나는 소파에 앉더니 얼굴이 엉망이 된 가엾은 부인을 안아주었다.

「트로이야 부인, 이제 진정하세요.」

「남편이 나를 떠났으니, 난 이제 더는 트로이야 부인이 아니야.」

「그러게요. 어쨌거나, 솔직히 우라질 성이었죠.」 야코포가 위로랍시고 떠벌였다.

「그런 소리 또 하기만 해.」 페를라가 힐책했다. 「그놈, 성형 수술계의 마이크 타이슨[9] 같은 그 의사 놈, 어디에서 찾아낸 거야?」

「그게…… 그루폰 사이트에 떴더라고. 70퍼센트 할인

9 Mike Tyson(1966~). 미국의 권투 선수. 상대 선수의 귀를 물어뜯는 등 경기장 안팎에서의 부적절한 행동으로 물의를 빚었다.

해 준다고 말이야. 〈단 몇 분만 투자하세요. 윗입술 위의 바코드를 없애 드릴 테니까요〉라는 광고를 보니까, 아주 간단해 보이더구나. 그래서…… 정말 끔찍했어, 버스에서 사람들이 죄 나만 쳐다보잖아.」

「그루폰? 버스? 엄마, 우리가 그 정도로 궁한 처지는 아니잖아, 빌어먹을! 택시라도 타지 그랬어.」

「그 바코드 말인데…….」 야코포가 눈치 없이 또 끼어들었다.

「엄만 정말 바보야. 맞아. 그러니 아빠가 엄마를 버린 것도 당연해.」

「나도 내가 왜 그랬는지 잘 모르겠어. 바로 위에 실려 있던 광고 때문이었던 것 같기도 하고. 〈80퍼센트 할인, 두 분을 위해 낭만적인 분위기에서 생선 초밥을 맛볼 수 있도록 준비했습니다.〉 그걸 보면서 난 말이지, 두 달 전만 하더라도 네 아빠랑 같이 갔을 텐데, 라고 생각했거든. 그래서 아주 우울했어…….」

「물 가져올 테니 약 먹어. 그럼 좀 나아질 거야.」

「약 싫어. 난 매일 약 한 줌씩 먹는 뚱뚱한 중년 부인이 되고 싶지 않다니까. 그것 말고 다른 방법이 분명 있을 거야, 빌어먹을!」

「〈빌어먹을〉이라니, 엄마가 언제부터 그렇게 상스러운 말을 썼지?」

「바로 지금부터, 나도 다른 사람이 되련다. 활동적인 사람이 되겠다고. 난 꽃병에 꽂힌 채 버림받은 꽃이 되고 싶은 마음은 전혀 없어. 난 다른 사람이 될 거야, 말도 다른 식으로 할 거라니까. 이제까지와는 다른 일들을 해야지, 우울증 약도 끊을 거고. 페를라, 내 딸아, 나를 좀 도와 다오, 무슨 해결책을 좀 찾아 달라고. 찾아보면 해결할 방법이 있지 않겠니…….」

「글쎄, 있을 것 같기도 하네요…….」 야코포가 주머니에서 감초 사탕 통을 꺼내면서 운을 뗐다.

발렌티나가 도끼눈으로 그를 쏘아보았다.

「안 될 게 뭐야?」 페를라는 오히려 그를 부추겼다. 「어쩌면 엄마 기분이 좋아질지도 모르지. 누가 알겠어?」

야코포의 손가락이 능숙하게 움직이기 시작했다. 그는 두 개의 마리화나를 말았다. 카놀로[10]처럼 굵은 첫번째 것은 젊은 사람들이 돌아가며 피우고, 그보다 작

10 대롱처럼 돌돌 만 시칠리아식 케이크.

은 나머지 하나는 페를라의 엄마 혼자 피우시라고 특별
히 만 것이었다. 전(前) 트로이야 부인의 흉측하게 부어
오른 입술이 닿은 무엇인가에 자신의 입을 대고 싶은
마음이 그에겐 전혀 없었기 때문이었다.

「이걸 가지고 내가 뭘 어떻게 해야 하는 거지?」 떨리
는 손으로 작고 가늘게 만 마리화나를 받아 든 엄마가
물었다.

「불을 붙인 다음 들이마셔. 마치 내일 같은 건 존재하
지도 않는다는 듯이 쭉 빨아들인 다음 두 눈을 감고 가
만히 있어 봐.」 페를라가 부드러운 투로 설명했다.

페를라의 엄마는 딸이 시키는 대로 마리화나를 들이
마시고 나서 두 눈을 감고는 소파의 팔걸이에 몸을 맡
겼다.

「아무 느낌도 없어.」

「좀 기다려 봐. 시간이 지나야 뭔가 올라오거든. 긴장
풀고.」

「그래, 듣고 보니 네 말이 맞는구나. 난 긴장을 좀 풀
필요가 있어. 애들아, 우리 모두 긴장을 풀자꾸나.」

그래서 그들 모두 그렇게 했다.

페를라는 냉장고에서 차가운 맥주를 가져왔다. 허기가 느껴지기 시작하자 네 가지 치즈를 얹은 피자도 전자레인지에 데웠다. 기분 좋은 가운데 시간이 흘러갔다. 네 사람은 대마초를 피우고, 맥주를 마시고, 피자를 먹고, 입에서 나오는 대로 모든 것에 대해 비난하고, 아무 얘기나 떠들어댔다. 이 얘기 저 얘기 끝에 여성 멤버들은 수컷들만 없으면 인생이 완벽하다는 결론에 도달했다. 따지고 보면, 곰곰이 생각해 보면, 수컷들은 다소 과대평가된 감이 없지 않은 부류라는 것이었다.

넷 중에서 유일한 수컷인 야코포조차 여자들의 의견에 열렬하게 동감을 표했다. 어찌 되었든 대마초의 효과가 사라지고, 네 사람으로 이루어진 집단이 흩어지게 될 때쯤이면 발렌티나 — 그는 오로지 발렌티나의 의견만 그와 직접적으로 상관이 있다고 여겼다 — 도 마음을 바꾸게 될 터였다. 게다가 이건 개인적인 차원에서만 볼 문제가 아니었다. 오히려 그와 반대로, 이는 그가 제공하는 상품이 명실공히 시장에서 가장 품질이 좋다는 사실에 대한 입증이기도 했다. 따라서 그는 소매가격을 조금 올리는 문제를 고려해 보아야겠다고 마음먹었다.

「트로이야 부인, 이건 그저 제 생각인데요, 그러니까 완전히 가정에 불과한 건데 말이죠…….」

「난 더 이상 트로이야 부인이 아니래도 그러네.」

「아 참, 그렇죠. 혹시라도 제 물건에 관심이 있으시다면, 부인께는 특별히 좋은 값에 납품해 드릴 수 있습니다. 집까지 배달은 물론이고, 품질도 보장해 드리죠. 마음에 들지 않으시면 환불도 전혀 문제없어요.」 야코포는 내친김에 그렇게 말해 버렸다.

「어이!」 페를라가 끼어들었다. 「우리 엄마는 그런 건 사지 않아, 알겠어?」

「난 이 청년의 물건을 구입할 의사가 있을 뿐 아니라, 너하고 둘이서 친구처럼 그걸 같이 피우고 싶구나.」

「꿈 깨시지, 엄마.」

「그냥 생각이 나서 하는 말인데, 1킬로그램 정도면 얼마에 줄래?」

「1킬로그램이라고요? 음, 그러면…….」

「엄마, 그만해!」

「얘야, 난 나를 만신창이로 만든 네 아빠를 잊고 싶어.

지금 이 순간에도 네 아빠는 다른 곳이 아니라 바로 우리 시골집에 있다는 걸 너도 알고 있겠지. 네 아빠는 분명 그 갈보 년하고 같이 있을 거야. 무슨 얘긴지 알겠니? 두 사람이 우리 부부의 침대, 우리가 너를 만든 바로 그 침대에서 잘 거라니까.」

「엄마, 제발 부탁이니 세부적인 내용은 말하지 마.」

「우리 딸, 내 보물 같은 딸, 넌 아직도 이해하지 못했구나, 우리 부부의 침대에서, 우리 부부의 시트를 깔고…… 이게 말이 된다고 생각하니?」

「같은 말 반복하지 마, 엄마, 다 이해했으니까. 아빠가 엄마랑 같이 자면서 나를 만든 그 침대에서 그 여자랑 잔다는 말이잖아. 그러고 보니 그 여자는 엄마랑 똑같은 자지를 사용하는 거네, 아닌가?」

「아니…… 세상에, 넌 어떻게 그런 종류의 말을 아무렇지도 않게 내뱉는 거니? 너, 정말 괴물이로구나!」

「그러니까 1킬로그램에 얼마냐 하면…….」 야코포가 사업 이야기를 이어 갔다.

「오케이, 됐거든. 우리는 이제 그만 가봐야겠어.」 발렌티나가 벌떡 일어나며 말했다.

「미안해, 발렌티나, 하지만 왜 하필이면 거래를 마무리하려는 찰나에 간다는 거야?」

「자, 우린 가야 해, 야코포. 전화할 데가…….」

「전화 여기서 걸어.」이번엔 페를라가 끼어들었다. 물러서지 않을 기세였다.

「그럴 수 없어, 너무 복잡한 일이거든.」

「그럼, 어디, 뭐가 그렇게 복잡한 지 얘기해 봐. 나를 믿지 못하는 거야?」

「그런 거 아니야.」

「그럼 뭐가 문젠데?」

이렇게 해서 발렌티나는 자초지종을 털어놓기 시작했다.

8

내일은 또 다른 날이다

확실히 소더비의 갈라 파티가 여자가 희망한 대로 굴러갔다고는 말할 수 없었다. 우선, 뷔페로 차려진 음식이 형편없었다. 가지 튀김에 얹은 베네치아 모에케[11] 때문에 위액이 살짝 역류했고, 샴페인은 너무 차가웠다. 더구나 그녀는 너무 찬 샴페인을 너무 많이 마셨다.

레나토는 당연하게도 자리에 없는 사람 행세를 했다. 열 번도 넘게 건 전화는 물론, 응답기에 남겨 놓은 수많은 메시지에도 그는 답하지 않았다. 샴페인이 효과를 나타낼수록 여자는 점점 더 열에 들뜬 메시지를 남겼다. 머리가 묵직해지면서 예술적인 영감으로 충만해질

---

11 베네치아의 석호에서 낚은 물렁하고 작은 게. 모에케는 보호종이므로 모에케로 만든 요리는 귀하고 호사스러운 요리로 평가된다.

무렵, 여자는 빨간 루부탱 하이힐 위에서 비틀거리기 시작했다. 더 이상 몸을 가누지 못할 지경에 이르자 여자는 아예 구두를 벗어 버리고서 흰색 쿠션 의자에 털썩 주저앉고 말았다. 공교롭게도 그 의자는 유난히 불편했다. 그래도 여자는 정신이 나간 채 멍한 상태로, 프랑스 포도밭에 내려앉은 안개 속에서 헤매듯 그렇게 넋을 놓고 한동안 앉아 있었다. 라우다미아 부인, 그러니까 레나토의 어머니가 자신을 향해 달려올 때에야 비로소 정신이 들었다. 벼락처럼 마지막 순간에 정신을 차린 여자는 차라리 장렬하게 전장에서 물러나는 것이 좋겠다고 생각했다. 〈깨끗하게 항복하자, 조금 남은 자존심이라도 지키려면 백기를 흔들며 얼른 이곳에서 도망쳐야 해.〉

여자를 구원으로 인도하는 길, 여자가 자신을 지킬 수 있는 인도주의적 방어선은 엘리베이터들이 위치한 로비와 행사가 열리는 살롱을 갈라놓는 불과 몇 제곱미터짜리 공간에 위치했다. 구두를 벗어 던진 맨발에 비틀거리는 불안한 걸음, 여자는 아픈 발을 끌면서 딸꾹질을 하고 절름거렸다. 폭탄 맞아 무너진, 완전히 파괴

된 여자, 아니 희생자! 하지만 안타깝게도 여자의 동작은 마음만큼 날래지 못했다.

여자가 엘리베이터 안으로 들어가 자신을 위험으로부터 벗어나게 해줄 마법의 단추를 미처 누르기 전에 레나토의 어머니가 여자의 앞을 가로막았다. 반지를 잔뜩 낀 손 하나가 여자의 어깨를 움켜쥐었다. 백금과 카보숑 컷의 귀금속 반지로 이루어진 너클. 그 무지막지한 손이 여자의 앞을 막더니 단번에 여자의 몸을 돌려세웠다. 피할 수 없는 그 얼굴, 정성 들여 주름살을 제거하고 공들여 화장한 나이 든 그 얼굴. 오래도록 줄담배(하루 종일, 게다가 불면증에 시달리는 밤중에도)를 피워 온 탓에 걸걸해진 목소리, 그리고 화룡점정 격으로 박하 향 나는 입김, 거기에 더해진 모에케 튀김 냄새. 말 그대로 완전 명중이었다. 더 이상의 말이 필요 없었다.

「너, 몹시 힘든 모양이구나, 얘야. 나도 정말 유감이란다. 하지만 한편으로는 말이다, 그래 놓고도 내 아들과의 관계가 지속되리라고 은근히 기대한 건 아니겠지, 안 그래? 내 생각이 틀렸니?」

「저어…… 전 무슨 말씀을 하시는지 통 모르겠는데

요.」여자가 우물거렸다.

입안이 끔찍할 정도로 바짝바짝 타들어 가자 이 모든 것이 시시한 영화의 한 장면같이 느껴졌다. 술에 취해 거부감을 일으키는 자신과, 가난에 대해서라면 노골적으로 경멸하며 항상 의기양양하고 자신만만한 레나토의 어머니. 레나토의 어머니가 공식적으로, 결정적으로, 여자를 자기가 애지중지하는 외아들의 삶에서 밀어내고 있다. 레나토의 어머니는 아들을 위해 다른 여자를, 다른 미래를 고려하는 중이니까. 그 미래에 판매직으로 진로를 바꾼 전직 모델, 산화 작용으로 인해 아름다움이 쇠퇴기에 접어든 데다 너무 차가운 샴페인에 절어 있는 전직 모델이 들어설 자리라곤 없었다.

생각이 거기에 미쳤을 때 비로소 여자는 자신이 무슨 말인가를 중얼거렸음을 깨달았고, 그 때문에 수치심이 치밀었다. 반면, 자신이 한 말에 대해 레나토의 어머니가 무어라고 대답했는지는 전혀 기억나지 않았다. 여하튼 확실한 건 두 여자 모두 복도 한가운데에서 바닥으로 나동그라졌다는 점이었다. 그리고 어느 시점이 되자 여자는 손가락마다 반지를 주렁주렁 긴 심술궂은 마녀

위에 올라타고서 루부탱 하이힐 한 짝으로 마녀의 얼굴을 후려치려 하고 있었다. 여자는 레나토의 아버지 잔니가 끼어들 때까지 그러고 있었다. 잔니노 — 친한 사람들은 잔니를 그렇게 불렀다 — 는 그녀에게 늘 잘 대해 주었으며, 〈넌 나에게는 딸이나 마찬가지〉라고 몇 번이고 말하면서 다정하게 한 손을 그녀의 어깨 또는 무릎에 얹곤 했다. 사실 무릎에 얹은 손은 그곳에 좀 더 오랫동안 머물곤 했지만, 그렇다고 그녀가 그 때문에 불쾌했던 적은 없었으며, 오히려 좋게 생각했다. 그런데 바로 그날 저녁에 잔니는 여자를 반지 많이 낀 마녀의 손아귀에서 빼내 주었을 뿐 아니라 보안 요원들 앞에서 여자를 두둔해 줌으로써 상황을 완전히 제압했다.

「제발 부탁이니 진정들 하게나. 별일 아닐세, 그저 사소한 사고야. 내가 처리하겠네.」여자를 일으켜 세운 잔니는 그녀를 택시까지 데리고 가더니 이제 그만 집으로 돌아가라고, 뒷일은 걱정하지 말라고 하면서 그가 곧 전화하겠다는 말까지 덧붙였다.

집에 도착한 다음에야 여자는 어째서 자신에게 이 모든 일이 닥쳤는지, 어째서 자신의 삶이 불과 몇 시간 사이에 침몰했는지 깨달았다. 그건 강가에 죽어 있던 여자를 모른 채 버려두었기 때문이었다. 그건 그러니까 여자가 비겁했기 때문이었다. 그러니 방금처럼 부끄러운 일을 당하는 것도 당연했다. 인생에서는 언제가 되었든 결국 계산을 치르기 마련이니까.

그렇긴 해도, 하늘도 무심하시지, 신들이 조금만 참 았다가 나에게 이런 벌을 내려도 되지 않았을까? 신들은 적어도 내가 결혼할 때까지만이라도 기다려 줄 수 있지 않았을까? 그리고 우리 두 사람 사이에 첫 사내아이가 태어날 때까지 기다려 준다면 더 좋고. 사실 안 될 것도 없잖아? 하지만 현실에서는 모든 것이 기다리고 자시고 할 사이도 없이 한꺼번에 닥쳐왔다.

말하자면 특급 우편으로 계산서가 날아든 것이다.

「조금만 더 빨리 날아들었더라면 넌 벌써 죽은 목숨이었을지도.」여자는 거울을 바라보며 중얼거렸다.

여자는 수도꼭지에서 흘러나오는 물로 얼굴을 닦은 다음 화장솜으로 마스카라를 닦아 냈다. 마스카라 자국이 얼굴에 잔뜩 번진 터라 여자는 흡사 너구리 같은 몰골이었다. 서둘러서 화장을 지우는 동안에도 여자의 생각은 레나토와 강가에 버려진 죽은 여인 사이를 오갔다. 그 결과, 여자는 레나토와의 문제는, 비록 그의 어머니와의 사이에서 벌어진 촌극이 거의 수습 불가능한 수준이긴 하나, 그래도 아직 완전히 끝난 건 아니라고, 아직 붙어 볼 만한 싸움이라고 결론지었다.

「우리, 지레 의기소침하지 말자.」 여자는 거울 속의 자신을 바라보며 스스로에게 용기를 북돋웠다. 이윽고, 물을 반쯤 채운 잔에 알카-셀처[12] 한 알을 녹인 여자는 그 물을 단숨에 벌컥벌컥 들이마셨다.

한편, 죽은 여자와 관련해서는, 우선 경찰이 그 사체를 발견했는지 아닌지 여부를 알아볼 필요가 있었다. 어떻게 되어 가고 있는지는 내일 신문을 읽으면 확인할 수 있겠지. 그걸 확인한 다음에 적절한 전략을 세우고, 그런 다음에 신들의 선처를 부탁하는 게 제대로 된 순서야.

하느님은 반성하는 사람에게는 모든 것을 용서하셔. 그런데 난 지금 반성하고 있잖아, 정말로 반성한다니까.

---

12 아스피린 계열의 진통제 상표 중 하나로, 약국이 아닌 곳에서 처방전 없이도 자유롭게 살 수 있다.

그때까지 우리에게 필요한 건 잠을 푹 자두는 거야.

내일은 또 다른 날이니까. 그럼, 그렇고말고. 여자는
침실의 불을 껐다.

9
최소한의 교육적 역할

　발렌티나의 이야기를 다 듣고 난 후 전 트로이야 부인이 보인 태도는 한마디로 애매하기 짝이 없었다. 지금 자신이 새롭게 그 특별한 매력을 발견한 귀한 향정신성 물질에 피해가 가지 않도록 야코포가 사체에서 되도록 멀리 떨어지는 편을 택했다는 사실은 일단 신중하면서 완전히 정당한 선택으로 보였다. 하지만 지금 이 방에 있는 사람들 가운데 유일한 성인인 만큼 그녀는 청소년들에게 최소한의 교육적 역할을 해야 한다고 느꼈다. 따라서, 마리화나의 효과에도 불구하고, 그녀는 좀 더 책임감 있고 신중한 입장을 취하기로, 다시 말해서 어른다운 합리적인 제안을 제시하기로 작정했다.

　「난 너희들에게 도망치길 잘했다고는 말할 수 없어.

지금이라도 가서 사체가 여전히 그 자리에 있는지 확인한 연후에, 만일 그렇다면, 그때 경찰에 알리는 게 좋을 것 같구나.」

자신의 말에 무게를 더하기 위해서인지, 전 트로이야 부인은 말을 하면서 자리에서 벌떡 일어났으나, 뭔가 여의치 않았다. 그녀를 둘러싼 방의 네 벽이 빙글빙글 돌기 시작하더니 팔다리부터 으슬으슬한 찬기가 느껴지는 것이었다.

「꼭 눈이 내리는 것 같구나. 너희들은 안 그러니?」 말을 마치자마자 전 트로이야 부인은 쓰러졌다. 뻣뻣한 장작 토막처럼. 얼굴이 소파 앞에 놓인 낮은 커피 테이블에 닿으면서 뭉개졌다. 당황한 아이들은 곧 결과를 확인했다. 눈 깜짝할 사이에, 다른 날도 아니고 바로 그날 아침 이 용감무쌍한 부인이 겪은 성형 수술로 인한 피해에 조금 전의 예기치 못했던 낙상 사고 피해가 더해진 것이었다.

「피가 나!」 발렌티나가 다급하게 외쳤다. 「얼굴 뼈 어딘가가 부러졌나 봐, 혹시 돌아가셨을지도 몰라.」

「그럴 리 없어.」 실리에 밝은 페를라가 엄마를 안전한 자세로 눕히면서 친구를 안심시켰다. 「그냥 잠시 정신을 잃은 거야. 이럴 땐 엄마 혀가 목 뒤로 넘어가지 않도록 하는 것이 중요해.」

「확실해? 응급실로 모시고 가지 않아도 되겠어?」

「당연하지, 그런 곳에 가면 부인께서 완전히 약에 절었다는 걸 알게 될 거고, 그러면 우리한테 어디에서 그런 걸 구입했느냐 등등을 묻기 시작할 거고, 그러면 우리는 빼도 박도 못한다고.」 야코포도 적극적으로 만류했다.

「음, 맞아. 그러니 그런 시도는 아예 하지 않는 게 좋겠어. 이런 이야기 지긋지긋한데, 아무래도 나의 멍청이 아버님한테 전화를 해야겠어.」

「아야…… 얘야, 난…… 그건 안 돼.」 누워 있던 부인이 정신이 들었는지 다짜고짜 반대했다. 「네가 아빠한테 전화 걸면, 난 죽어 버릴 거야.」

그래도 페를라는 기어이 전화를 걸고야 말았다. 그리고 그녀의 멍청이 아버님께서는 전화를 받았다. 페를라는 엄마가 불행하다, 잔뜩 취했다, 그래서 자학하는 데다가, 아빠와의 별거를 도저히 받아들이지 못한다, 술을 너무 많이 마셔서 기절까지 했으니, 이 모든 게 다 아빠 때문이다, 아빠가 엄마를, 아니 정확하게 말해서 엄마와 나 두 사람 모두를 버렸기 때문이고, 딸인 나는 더 이상 어찌할 바를 모르겠는데, 나는 여전히 아빠의 딸, 그것도 외동딸, 적어도 어디 가서 아빠가 다른 자식을 또 낳을 생각이 없다면, 물론 배다른 동생이 태어난다면 나야 아무런 악감정 없이 그 아이에게 행운을 빌어 줄 테지만, 암튼, 현재로서는 외동딸인데, 그 외동딸은 아빠가 집으로 오기를, 빌어먹을, 당장 달려오기를 바란다고 속사포처럼 쏘아 댔다.

아빠는 늦어도 두 시간 후면 도착할 수 있다고 대답했다.

「네 엄마가 팔다리를 제대로 움직이는지 확인하고, 특히 또다시 기절한다면 구급차를 불러야 한다.」

엄마가 팔다리를 제대로 움직이느냐고?

당연하지.

세 사람은 전 트로이아 부인을 침대로 옮겼다. 트로이아 씨가 도착하기를 기다리면서 그들은 냉동고 속에 들어 있던 다른 피자들을 데워 먹으면서, 다른 차가운

맥주들을 마셨다.

페를라의 아빠는 두 시간 후에 다시 딸과 통화했다. 그는 페를라 엄마의 상태가 나아졌는지를 물었다.

「좀 괜찮아졌어. 음식도 먹고, 물도 마시고, 사람들 얼굴도 알아봐서.」 딸이 설명했다.

「다행이로구나.」 트로이야 씨가 흡족하다는 투로 반응을 보였다. 「그렇다면 상황이 아주 긴박하지는 않은 듯하니 난 내일 천천히 가마. 괜찮지, 내 보물?」

「내일이라니, 그게 무슨 소리야? 아빠가 뭘 안다고 그래? 없어져 버려, 뚱뚱보 멍청이 같으니! 아빤 집에 올 필요도 없어.」 아빠의 〈보물〉이 바락바락 악을 쓰더니 전화를 끊어 버렸다. 페를라는 친구들 쪽으로 돌아섰다. 「이제 어떻게 하지? 너희들 여기서 자고 가지 않을래? 난 여기 혼자 있기 싫어.」

「강가에 죽어 있는 여자는 어쩌고?」 발렌티나가 현안을 상기시켰다.

「내일 아침에 너희들이 가보면 되잖아. 그러니 제발 여기 있어 줘, 부탁이야, 부탁이라니까…….」

「잘 생각해 봐, 페를라. 그거, 그 사체한테는 우리가

94

필요해.」

「나도 그래, 나한테도 너희들이 필요해.」

「젠장, 페를라…….」

「나, 임신했어.」

「뭐라고?」

「나, 임신했다고.」

「말도 안 돼.」 발렌티나가 빽 소리를 질렀다. 「어쩌다 그렇게 되었는데?」

「그건 말이지…… 네 생각엔 어쩌다 그렇게 되었을 것 같은데?」

10

그의 치졸한 면

알폰소 페트루케티가 읽고 있던 『투명성의 천사들: 난 너를 찾아 헤맸는데, 너는 내 안에 있었네』를 덮고 불을 껐을 때, 벽시계는 새벽 2시를 가리키고 있었다.

그는 세 시간 후에 소스라치게 놀라서 일어났다. 악몽 때문에 심장이 멋대로 쿵쾅거렸다. 꿈속에서 웬 여자가 그의 성기를 빨아 대면서 그가 가진 기 치료 관련 지식을 모두 빼가는 것이었다.

여자라니.

굉장히 참신한 생각이잖아.

그는 이 아이디어가 마음에 들었다. 엄청. 사실 그는 레니 리펜슈탈[13]의 책에서 쏙 빠져나온 듯한 세네갈 거인과 사우나 안에서 가졌던 경험 이후로 그토록 짜릿한

오르가슴을 맛보기는 처음이었다.

허탈한 심정으로 그는 팬티와 시트가 축축하게 젖었음을 확인했다. 이런, 빌어먹을.

여자와 정사를 나누는 에로틱한 꿈을 꾸었다는 사실이 그에겐 무척 놀라웠다. 그런데 그보다 더 놀라운 점은 꿈속에서 자신의 성기를 빨아 대던 여자가 바로 그 여자 — 강가에 죽어 있던 그녀 — 라는 사실이었다. 이 사실은 그를 깊은 자책 속으로 몰아갔다.

절망감에 목이 멘 그는 터져 나오려는 울음을 가까스로 참았다.

아니, 염병할, 내가 도대체 왜 이러는 거지?

침대에서 내려온 그는 주방으로 가서 민트 차를 준비했다. 생각을 정리해 볼 필요가 있었다. 어느 모로 보나 전의식(前意識)[14]이 차고 넘치는 게 분명했다. 그 전의식이 그에게 말해 주고자 하는 내용에 관해서라면 그

---

13 Leni Riefenstahl(1902~2003). 독일의 영화배우, 감독 겸 제작자. 나치 선전 영화를 찍었다는 이유로 영화계 활동이 금지되면서 사진작가로 전업했다.
14 현재는 의식되지 않지만 생각해 내려고 하면 금방 떠올릴 수 있는 지식이나 감정.

자신도 별반 불쾌하지 않았다. 아니, 전혀 불쾌하지 않았다.

그런데 문제는 그 시체란 말이지…….. 거기에 생각이 미치자 그는 금세 주눅이 들어 주춤거렸다. 결론부터 말하자면 그는 자신의 재능을 활용할 생각도 않고 적절하지 못한 결정을 한 셈이었다.

절대 주저하지 말 것.

그렇긴 해도, 망설인다는 건, 그의 생각으로는, 인간을 다른 모든 형태의 생명과 구분 짓는 중요한 요소가 아닌가 말이다. 자연 가운데에서, 인간은 의심하는 존재이고, 인간은 단순히 〈자극과 반응〉이라는 자동 반사만으로 스스로를 한정하지 않는 존재이다. 세기를 거듭하면서 인간이라는 존재는 생각하는 권리를 쟁취했다. 어떻게 보면, 불확실성이라는 원리야말로 문명의 발전을 이룩하게 된 원동력이라고 할 수 있다. 아닌가? 생각하고 행동하기, 혹은 행동하지 않기. 득과 실을 꼼꼼히 평가하고 난 후 내린 결정에 따르는 거니까……. 인간 존재가 위험과 정면으로 맞서거나 위험을 회피하는 것으로 스스로의 역량을 한정했다면, 인간이 취할 수 있는 행동이 도주 혹은 공격으로 제한된다면, 오늘날 우리가 탄복하는 대성당을 건축하는 일도, 수저에 멋진 장식을 새기는 일도 없었을 것이다. 바꿔 말하면, 인간은 아무런 용도가 없는 것, 아름답기만 한 것들을 만들어 내지 않았을 것이다. 무용성이라…… 그렇지, 그건 또 다른 거야, 그러니 괜히 멍청한 소리 하지 마. 요컨대, 생각이란 가능한 선택지를 검토하는 것이 아니고 무엇이란 말인가? 오직 동물만이 생각 따윈 하지 않고 반응하는데 그는, 알폰소 페트루케티, 일명 카루나는 분명 득과 실을 모두 가늠해 보았다. 오히려 너무 생각을 많이 하고, 너무 신중하게 행동한 것이 문제라면 문제였다. 신중함은 초자연적인 것과는 어째 잘 어울리지 않으니까 말이다. 그는 너그럽지도, 그렇다고 자발적이지도 않았다. 자신이 지닌 재능을 아낌없이 발휘할 것이 요구되는 순간에도 그는 겉으로만 그럴듯한 이타주의를 내세웠을 따름이었다. 그도 이 점을 잘 알고 있었으며, 카루나, 다시 말해서 〈연민을 잘 느끼는〉이라는 의미를 지닌 이름을 선택한 것도 다 그런 이유에서였다. 즉시 여자의 영혼이 광명의 세계에 합류할 수 있도록 도와야 하며, 여기에는 조금의 주저함이나 심적 동요가 있어서는 안 된다. 그는 진작 이런 방식, 곧 아이가 울면 얼른 먹을 것을 주는 엄마와 같은 방식으로 행동했어야 했다. 그런데 그렇게 하기는커녕, 그 자신이 지닌 비루한 면 때문에 살인 현장을 무덤덤하게 그대로 지나쳤다. 전과자 루이지는 이미 자기 문제만으로도 충분히 골치 아픈 상황이기 때문에, 인생의 반려자인 자신이 범죄 현장에 지문을 남겨 놓는 일까지 추가할 수 없다는 궁색한 변명을 늘어놓으면서 말이다. 물론 그런 결정을 내리는 데에는 상식이 중요하게 작용했다.

하지만 순수한 기에 비하면 상식과 합리 따위가 다 뭐란 말인가?

차를 다 마신 그는 욕실로 갔다. 알록달록하게 장식된 낡은 욕조 가득 뜨거운 물을 받은 그는 마음을 안정시켜 주는 파촐리 오일 향을 간직한 수증기 속에서 거듭 한숨을 내쉬며 욕조에 몸을 담갔다. 몸을 깨끗하게 씻고 물기까지 말끔히 닦아 낸 그는 흰색 면 트레이닝복을 입고는 향 몇 개비와 묵직한 수정구 몇 개를 가방에 넣었다. 밖은 아직 어두컴컴했다. 그는 두 다리를 접고 두 손은 손바닥이 하늘을 향하도록 허벅지 위에 얹으며 가부좌를 틀었다. 그 자세로 들숨과 날숨에 집중하면서 아침 해가 떠오르기를 기다렸다.

11

유리 상자 안에 간직할 것

그러고 보니, 정말로 임신한 게 아니라서 참으로 유감이로군. 침대에 누운 채 간간이 방 벽을 밝히는 자동차 전조등 불빛을 물끄러미 바라보던 페를라는 속으로 생각했다. 이따금씩 경적 소리가 터져 나오고 전차들도 덜컹거리는 쇳소리를 내며 지나갔다. 젊은이들은 시끄럽게 떠들었다. 도시의 불빛과 소음이 어둠 속에서 대기 중인 그녀의 머리를 가득 채웠다.

엄마는 불행하고, 아빠는 멍청이인데, 자신에게는 남자건 여자건 형제라곤 없었으며, 심지어 고양이까지도 그녀를 무시했다. 우정이라고 하는 것에 있어서도, 페를라는 친구들을 잘 사귀지 못하는 편이었다. 지나친 경계심 때문이랄까. 혹시 아버지로부터 물려받은 성이

유년기에 돌이킬 수 없는 심리적 손상을 가져왔기 때문일까? 트로이야라는 성이 페를라의 운명을 결정지은 걸까? 그도 그럴 것이, 그녀는 실제로 다소 갈보 기질이 있는 게 사실이었다. 상대가 누구든 쉽게 교미하는 편이니까. 페를라는 그러므로 그 방면에 소질이 있는 편이었다. 돈을 요구하는 대신 약간의 관심 정도만 요구한다는 점이야 물론 제외해야겠지만 말이다.

고유명사는 나름대로의 마법을 구사하는 법이야, 라고 페를라는 생각했다. 그러니 괜히 빙빙 돌려 말할 필요 없어. 어쩌겠어, 그 마법과 더불어 사는 수밖에.

빌어먹을, 발렌티나는 페를라가 임신했다고 말했을 때 완전히 넋이 나간 표정을 지었다. 페를라 같은 부류의 여자들, 그러니까 인생을 즐기겠다는 의욕이 충만한데다 좌충우돌 실수 연발 사고뭉치에 속하는 사춘기 소녀들에게 원하지 않는 임신이란 성인이 되기 위한 통과의례에 불과함에도, 발렌티나는 그 말을 듣는 순간 쿨한 반응을 보이는 대신 대번에 부정적인 태도를 취하면서 온갖 잔소리를 늘어놓았던 것이다. 하긴 발렌티나는 원래 뭐든 부정적으로 생각하는 경향이 있었다. 그렇게 하면 자신이 좀 더 중요하게 대접받는 것 같았으니까. 학교에서도 발렌티나는 항상 불안해하고 걱정 근심에 사로잡혔으며 쉽게 감정에 휘말렸다. 페를라가 임신이라는 고약한 장난을 생각해 낸 것도 그렇기 때문이었다. 공감을 잘하는 발렌티나가 그녀를 위로해 주기 위해 잘생긴 남자 친구 야코포와 함께 그녀의 집에서 자고 가겠다고 선뜻 동의할 테니까. 야코포는 정말이지, 모든 면에서 완전히 내 이상형이야. 페를라가 자기 곁에 두고 싶은 남자, 영국 사람들의 표현대로라면 *the one*(바로 그 사람)이었다. 사랑에 빠지고 싶어지는 사람, 나를 행복하게 해줄 것 같은 사람. 요컨대 야코포는 페를라가 정해 둔 일곱 가지 기준에 완벽하게 들어맞는 남자였다.

신장 1미터 80센티미터 이상.

좋은 냄새가 날 것.

동성애자가 아닐 것.

마약류의 복용에 있어서 까다롭지 않을 것.

물과 관련된 별자리 세 개 가운데 하나에 속할 것(어느 경우든 별자리 중에서 제일 바닥인 쌍둥이자리는 아닐 것).

너그러울 것.

여자 친구를 자랑스러워할 것(가령 지금의 경우로 보자면, 남자라면 곁에 오지도 못하게 하는 새침데기 계집애 발렌티나를 선택한 것으로 미루어, 그 애에 대해서 이해할 수 없는 자부심을 느끼는 것이 분명함).

그렇지만 페를라는 어떻게 해서 얌전한 체하는 계집애 발렌티나가 자신이 심사숙고하여 정립한 수컷 선택 기준을 모두 충족시키는 사내아이, 이를테면 너무도 보기 드문 희귀종이라 유리 상자 안에 고이 모셔 두어야 할 만한 녀석을 찾아냈는지, 게다가 그 사내아이를 꾸준히 자기 것으로 유지하고 있는지 도무지 이해할 수 없었다. 혹시 발렌티나가 얌전한 체하는 계집애이기 때문일까? 엄마는 늘 얌전한 체하는 계집애들이 남자들에게 인기가 있는 건 그 계집애들이 남자들의 보호 본능을 자극하기 때문이다, 그런 계집애들은 남자들에게 자기들이 중요하고, 대체 불가하며, 없어서는 안 될 사람이라고 느끼게 하기 때문이라고 주장했는데…….

발렌티나는 옆 침대에서 자고, 야코포는 전략에 불과

하겠지만, 암튼 거실의 소파에서 잠이 들었다.

페를라는 옆 침대 쪽으로 귀를 기울였다. 발렌티나의 깊고도 고른 숨소리가 들렸다.

마침내 때가 되었다.

소리 없이 침대에서 일어난 페를라는 맨발로 방을 가로질러 문을 열고는 살금살금 방을 벗어났다.

팬티를 벗은 페를라는 야코포 옆에 몸을 뉘었다.

12

자기 눈으로 직접 확인할 것

그는 자기만 아는 구덩이 가까이에 쌓아 둔 상자들 위에 누워 구두 한 짝과 핸드백을 품에 끌어안은 채 밤을 꼬박 지새웠다. 그는 몇 달째 계속되어 온 고독과 혼돈의 시기에 자신에게 다소나마 따뜻한 관심을 보여 준 유일한 인물에게 속한 그 물건들에서 눈을 뗄 수가 없었다. 한 달, 두 달, 여러 달, 어쩌면 여러 해일 수도 있었다. 어차피 그는 시간관념을 상실한 상태였으니까. 오직 계절의 변화만이 그에게 나름대로 좌표 비슷한 역할을 해주었다. 날씨가 더웠다가 추웠다가 다시 더워지고 추워졌으니, 적어도 2년, 맞아, 〈의국〉에서 나온 지 최소한 24개월이 지난 거야.

그는 여자가 자신에게 아무런 조언도 요청하지 않았

다는 사실이 너무도 가슴 아프고 서글펐다. 자기에게 물었다면 노숙하는 제일 좋은 방법, 맨바닥에 신문지를 깔거나, 아니 그보다는 상자가 나으니, 슈퍼마켓 뒤, 노란 컨테이너 바깥쪽에 쌓아 둔 상자, 이미 사용한 뒤라 다시 접힌 채로 재활용되기만을 기다리는 그 골판지 상자들을 깔고서 밖에서 자는 방법을 찬찬히 설명해 주었을 텐데. 그뿐인가, 심지어 그가 가지고 있는 상자들도 기꺼이 주었을 텐데, 상자라면 그에게 엄청 많으니까. 그는 정말로 마음이 아팠다. 그의 인생은 늘 이런 식이었다. 어느 누구도, 그 어떤 것에 관해서도 그의 의견을 묻는 법이 없었다. 그가 그 멍청하기 짝이 없는 사무실에서 근무하던 시절에도 이미 그를 고려하는 사람이라고는 아무도 없었다. 그에게 손톱만큼이라도 관심을 보이는 사람은 한 명도 없었으며, 그가 하는 말은 이내 어디론가 증발해 버리고, 흔적도 없이 사라지기 마련이었다. 심지어 그가 사기를 적발해 냈을 때조차, 상사는 그에게 지나치게 상상력이 풍부하다면서 그를 쫓아 버렸다. 계약 기간이 끝났을 때 그는 재계약을 하지 못했다. 그때부터 우울증과 서쪽 병동, 우여곡절과 요란법석이 이어지더니 급기야 빈 상자 더미에 이르게 된 것이었다……. 아무도 그가 하는 말에 반응을 보이지 않았으므로 그는 고함을 지르기 시작했다. 아무도, 하늘을 날아다니는 새들만 겁을 먹을 뿐, 그 외엔 그야말로 개미 새끼 한 마리 그의 말을 들을 시늉도 하지 않았다.

각설하고, 그를 다소나마 존중해 주고 사람으로 대접해 주었던 유일한 인물마저 죽어 버린 지금, 과연 이런 식으로 계속하는 것이 가치가 있을까? 정신이 제대로 박혀 있는 사람이라면 이렇게 사는 걸 삶이라고 부를 수 있을까?

그렇다면 나 역시 죽어야 마땅하지 않을까?

왜 아니겠어?

하지만 그러기 전에 이 핸드백과 구두를 숨겨야지.

그래, 그런 다음에, 죽을 수 있지.

그렇지만, 우선 강가에 누워 있는 시체가 1백 퍼센트 그 여인의 시체인지를 확인할 필요가 있었다. 그도 그럴 것이, 곰곰이 생각해 보면 그 점이 그다지 확실하지 않았기 때문이었다. 분명히 굉장히 비슷하긴 하지만, 그래도 의심해 볼 여지가 있었다. 서류를 뒤져 본다거나 지갑에 들어 있는 신분증을 확인하고 주소를 살펴보는 것이 안전할 터였다. 그는 그 여자의 주소라면 정확하게 알고 있었다. 그 여자가 들고 나던, 광장에 면한 그 대문은 담배 가게와 그가 구걸 — 지폐는 받지 않고 오직 동전만 받았다 — 을 하던 장소 사이에 자리 잡고 있었다. 누군가가 그에게 지폐를 줄 때면 그는 그걸 조심스럽게 접어 종이학을 만든 다음 그 사람에게 돌려주었다. 상자(특히 빈 우유 상자와 그의 거처를 짓는 데 사용된 상자)가 지닌 확실한 가치와 달리, 지폐라면 그는 경계하는 편이었다. 얇은 종이는 말하자면 악마의 도구로서, 그런 종이로는 계약서를 작성하고, 법을 제정하는 만큼, 그런 종이는 우리를 기만한다……. 더구나 여자가 지니고 있는 서류라는 것도 사실 믿을 만한 것이 못 되었다. 그러니 결론적으로 말해서, 의혹을 잠재울 수 있는 가장 좋은, 아니 유일한 해결책은 그 장소로 돌아가서 여자의 얼굴을 확인하는 것이었다.

물론 그 자신이 자기 눈으로 직접 확인해야 마땅한데, 그러려면 여자가 있던 곳, 혼자 죽은 채 버려져 있던 곳을 다시 찾아가야 할 터였다. 진흙에 남겨 놓은 자기 발자국만 찾아내면 될 테니 그리 어려운 일은 아닐 것이었다. 더구나 어떻게 거기까지 오게 되었는지는 알 수 없으나 좌우지간 강가에 버려져 있는데 아무도 집어 갈 생각조차 하지 않는 세탁기, 쥐들이 마치 우리 안의 햄스터처럼 이따금씩 맹렬한 속도로 드럼을 돌려 대서 제법 재미있는 구경거리를 선사하던 그 세탁기 근처였으니까. 단단히 마음을 먹고서 끈기 있게 찾아다닌 끝에 그는 마침내 진흙 속에 새겨진 자신의 발자국을 발견했다. 천만다행으로 비가 많이 내리지 않은 데다 신발 사이즈 47은 쉽게 눈에 띄었다. 핸드백은 품에, 구두 한 짝은 주머니에 고이 간직한 채 그는 같은 길을 지난번과는 반대 방향으로 한 걸음 한 걸음, 자신의 발자국이라고 여겨지는 진흙 속 자국 안으로 정확하게 넣어 가며 주파했다. 어디가 어딘지 잘 알 수 없을 때면 그는 아무리 멀어도 자기 발자국이 있는 곳까지 되돌아가서, 조심스레 발뒤꿈치부터 발가락 쪽으로 발을 넣어 가며 정확하게 다시금 길을 거슬러 올라갔다.

마침내 뚜껑이 열린 세탁기가 시야에 들어오자 그는 안도의 한숨을 내쉬었다.

그런데, 아, 이게 어찌 된 일인가. 하나의 문제, 그가 단 한순간도 예상하지 못했던 아주 큰 문제에 봉착하게 되었으니, 바로 그 여인이 사라져 버린 것이었다.

13
전시(戰時)엔 전시에 맞게

라우다미아 부인은 이국적인 정취를 물씬 풍기는 하인들 가운데 한 명이 참을성 있게 다림질한 리넨 시트 속에서 흡족한 듯 기지개를 켰다. 라우다미아 부인은 최근 고용한 스리랑카 출신의 젊은 남자 하인 듀오에게 푹 빠져 있었다. 두 사람이 임무를 수행하는 기술은 가히 우아함에 필적했으며, 과거에 고용했던 하인들의 수준과는 비교도 되지 않았다. 이건 아주 명백한 사실이었다. 심지어 클라라 수도회[15]에서 훈련받은 여자들조차 이 두 사람의 발뒤꿈치도 못 따라갈 정도였다. 두 남자는 무슨 일이든 척척 해냈으며, 그들이 하는 일은 고

15 아시시의 성자 프란치스코의 요청으로 성녀 클라라가 1212년에 창단한 교단. 규율이 엄격하기로 정평이 나 있다.

기 찜이며 바느질은 물론, 눈길에서 사륜구동 피아트 판다[16]를 운전하거나 앙티브 항구에 정박시켜 둔 요트의 부속선을 모는 일에 이르기까지 완벽 그 자체였다. 하긴 두 사람이 바다, 그리고 항해에 관해서 많은 경험이 있다는 사실은 특별히 놀라울 것도 없었다. 게다가 그 바다가 어떤 바다인데! 다름 아닌 인도양이 아니었던가. 그러니 잔잔한 지중해의 포르크롤섬이나 리옹만하고는 상대도 되지 않을 터였다. 그들이 가난하고 불쌍한 사람들인 건 물론 맞지만, 그렇다고 해서 괜한 연민을 보이는 식으로 법석을 떨 일은 아니다. 게다가 무엇보다도 경계를 늦춘다면, 오, 그건 정말 안 될 일이다. 가령 6개월 전만 하더라도, 라우다미아 부인은 엘비라, 그러니까 밀라노 출신 친구들 가운데 하나이자 부라코 게임[17]의 근사한 파트너인 그 엘비라가 자기 집에 경찰이 다녀갔다고 얘기하는 바람에 충격을 받았던 터였다. 사연인즉슨 하인 한 명 — 특별히 섬세하고 도자기 먼지 터는 일이라면 누구보다도 뛰어난 하인 — 이 알고

16 이탈리아 자동차 제조사인 피아트에서 생산하는 소형차.
17 카드놀이의 일종.

보니 타밀일람 해방 호랑이[18]의 일원임이 밝혀졌다는 것이었다. 그 하인이 그러니까 여러 건의 유혈 낭자한 테러 행위를 저질러서 사법 당국을 피해 도주 중인 범인이라는 말이었다. 한편 라우다미아 부인은, 그 동양인 하인이 하도 폭발물을 많이 다루다 보니 섬세한 리모주 도자기를 잘 다루는 것도 그리 놀라운 일이 아니겠다고 결론지었다.

그녀는 침대 옆 작은 탁자 쪽으로 팔을 뻗어 박하 향 말보로 갑을 집어 그날의 첫 담배에 불을 붙였다.

연기를 뿜어내자 마음이 평온해졌다. 이처럼 기분 좋게 잠에서 깨어나긴 참으로 오랜만이었다. 그녀는 일이 되어 가는 상황에 은근히 박수를 보냈다. 전날, 그녀는 반드시 해야 할 일을 했다. 흔히 *à la guerre comme à la guerre*(전시엔 전시에 맞게)[19] 행동하라고들 말하듯이, 그녀는 주어진 상황을 그녀에게 유리하도록 십분 활용했다. 물론 누가 보더라도 끔찍하고, 전혀 예기치 못했

---

18 스리랑카 북동부에 독립 국가를 세우려고 한 무장 반군 단체.
19 열악하거나 불만족스러운 상황에서도 어쩔 수 없이 상황에 맞춰야 한다는 뜻의 프랑스어 관용구.

던 돌발 상황이긴 했으나, 결과만큼은 완전히 마음에 들었다. 아들 녀석이 참아 주려야 참아 줄 수 없는 그 앙큼한 계집과 결혼하는 불상사는 벌어지지 않을 테니까. 그녀가 손톱자국이 난 가엾은 목을 보여 주며 자초지종을 레나토에게 들려주기 무섭게, 그는 이 사건이 〈웅변적〉이라고, 〈도저히 없던 걸로 하기 어려운 종류의 사건〉이라고 열을 올렸다.

적어도 우리 가문 같은 데선 불가능하지, 라고 라우다미아 부인이 덧붙였다. 교황도 한 명 탄생시킨 데다, 집 안 곳곳을 보더라도 중세까지 거슬러 올라가는 고가구 일색인 집안이니까. 그런데 남편은 그녀를 실망시켰다. 이미 가망 없는 명분을 지지하고 나서는 건 남편의 스타일이 아니었지만, 그래도 그 정도 반응은 예상했던 게, 잔니는 이상하게도 긴 다리에 풍만한 가슴을 가진 그 야심만만한 여자 판매원에게 언제나 〈우호적인 경향〉을 보여 왔기 때문이다. 이제 잔니도 나이 들어서 점점 약해지고, 마음이 여려지는 모양이었다. 노년의 나약함일 테지. 하지만 난 절대 그렇게 되지 않을 거야.

「절대로! 그러느니 죽는 게 낫지! 차라리 내가 잠들

어 있을 때 날 죽이라지!」 그녀는 상상 속의 청중을 상대로 소리를 빽 질렀다.

그건 그렇고, 암튼 이제 다 끝났어. 레나토가 오늘 아침 당장 그 아이와 절연하겠다고 했으니까. 라우다미아 부인은 손목에 차고 있던 카르티에 시계에 힐끗 눈길을 주었다. 잠시도 그녀에게서 떨어지는 법이 없는 시계였다. 11시가 지났으니, 그 못된 계집애와의 약혼은 지금쯤 십중팔구 완전히 끝장이 났을 테지. 남편이 쓰는 욕실 문이 닫히는 소리가 들렸다. 라우다미아 부인은 여느 때처럼 익숙한, 익숙하기 때문에 어떤 면에서는 사람을 안심시킨다고 할 수 있는 일련의 소리들, 남편이 아침이면 늘 내는 소리들, 이를테면 위장이 내는 소리와 수세식 변기 물 내리는 소리, 샤워기 꼭지에서 물 떨어지는 소리 같은 소리가 들려오자 비로소 이 세상이 질서 있게 돌아간다는 기분이 들 참이었다. 그런데 별안간 놀랍기 짝이 없는 새로운 소리가 일상적인 아침 소리 사이로 끼어드는 것이 아닌가. 일종의 노랫소리랄까. 듣기 좋은 바리톤에 가까운 잔니노의 목소리는 다시금 휘몰아치는 물소리에 파묻히는가 싶더니, 이내 후

렴 부분에 이르자 수도관을 타고 흐르는 소음을 당당하게 제압했다. 「당신은 알게 될 거야, 알게 될 거야……모든 것이 달라진다는 걸 알게 될 거야.」

루이지 텐코?[20] 아니, 남편이 루이지 텐코의 노래를 흥얼거린단 말이야? 이게 도대체 무슨 일이지? 라우다미아 부인은 황급하게 침대에서 내려와 실내복을 걸친 다음 손으로 대충 머리를 매만지고는 방을 나섰다. 부인은 이 엉큼한 남편을 욕실 문 앞에서 기다리기로 했다.

---

20 Luigi Tenco(1938~1967). 이탈리아의 가수. 자신의 노래가 산레모 가요제에서 수상하지 못했다는 이유로 호텔 객실에서 자살했다. 위의 노래는 「당신은 알게 될 거야Vedrai vedrai」의 한 구절.

14

무슨 일이 있어도
후회란 없다

　새벽빛이 원룸 창문들 가운데 안뜰로 나지 않은 유일한 창문을 가로지를 때 마침 휴대폰에서 라비 샹카르의 시타르 연주 소리가 들려왔다. 알폰소가 선택한 벨소리였다.

　모르는 번호.

　그는 망설였지만, 어쩌면 루이지가 구치소에서 건 전화일지도 모른다는 생각에 결국 전화를 받았다.

　「안녕하십니까? 페트루케티 씨 본인이십니까?」

　「네.」

　「알폰소 페트루케티 씨?」

　「네, 접니다. 그런데 전화 거신 분은 누구시죠?」

　「조반니 리돌피라고 합니다. 리돌피 & 리돌피 법률

사무소에서 일합니다. 다름이 아니라 루이지 산타크로체 씨의 변호인 자격으로 전화 드렸습니다. 급해서 그러는데, 선생의 동거인에 관해서 질문 몇 가지 드려도 되겠습니까?」

「네, 그러시죠.」

「좋습니다. 산타크로체 루이지 씨에게는 절도 및 폭행과 관련하여 수감 명령이 내려졌습니다. 이 점은 선생도 알고 계실 것으로 생각합니다만…….」

「네, 나도 알고 있습니다. 내가 리돌피 & 리돌피 법률사무소에 수임료를 지불했으니까요, 변호사님.」

「좋습니다, 좋아요! 형기는 4년 6개월이죠. 미결 구류 기간을 감안하면, 3년 6개월이 되고요…….」

「미결 구류라고요?」

「이미 구치소에서 지낸 기간을 말하죠.」

「아, 그러니까 루이지가 벌써 복역을 했다고요?」

「물론이죠, 선생께서는 모르고 계셨습니까?」

「확실하겐 잘 몰랐습니다. 뭐, 하지만 상관없어요. 어차피 나는 아는 게 별로 없는 데다, 알고 싶은지조차 잘 모르겠으니까요. 계속해 보세요.」 알폰소가 한숨 섞인 소리로 대꾸했다.

「심각한 강도 행위는 형을 선고받은 자에게 자동으로 집행 유예의 특권이 허락되는 종류의 범죄가 아닙니다. 형을 선고받은 자가 징벌에 관한 특권을 획득하기 위해서는 선고를 받은 후 30일 이내에 이를 요청해야 합니다. 그런데 형을 선고받은 자는 의무적으로 교도소로 이송되어야 하므로, 교도소에 수감된 이후에야 비로소 그 요청을 할 수 있다, 이런 말입니다. 제 설명이 이해가 되셨습니까? 방금 들은 내용을 알아들으셨냐고요?」

「그가 교도소에 수감된다, 이 점은 확실히 이해했습니다. 그런데 그 특권이란 건 뭔지 모르겠습니다. 전문가는 당신이니까요.」 풀이 죽은 알폰소가 대답했다.

「특권이란 건 말입니다, 예를 들어서 사회 복지 시설에서 봉사를 한다거나 가택 연금 같은 처분을 받는 걸 말합니다. 말이 나왔으니, 법원에서의 변론을 위해서, 선생께서 산타크로체 루이지의 동거인임을 서면으로 확인해 주셔야 할 필요가 있습니다. 아울러서, 동거인 자격으로, 그를 부양하고 그가 필요로 하는 것들을 지원해 줄 의향이 있음을 확인해 주셔야 합니다. 특권을 얻어 내려면 이 확인서가 반드시 있어야 합니다.」

「뭐라고요?」

「제가 드린 말씀 가운데 어느 부분이 명확하지 않으
십니까?」

「부양 부분.」

「그건 간단합니다. 가택 연금 기간 동안, 선생께서 산
타크로체 씨를 돌봐야 한다는 말입니다. 그러니까, 어
떻게 설명해야 하나? 말하자면 선생께서 돈을 벌어 와
야 한다, 이런 말이죠.」

「그건 내가 늘 해오던 일인 걸요, 변호사 선생님.」

「그렇군요, 좋습니다, 좋아요. 한 가지 더 여쭙겠습니
다. 선생께서는 혹시 이제까지 유죄 판결을 받은 적이
있으십니까? 전과가 있으시냐고요?」

「아뇨, 전혀.」

「좋습니다, 완벽해요, 아주 완벽해요. 그건 그렇고,
조금 전에 우리는 그에게 아직 형기가 3년 6개월 남았
다고 이야기하던 중이었습니다. 그런데 우리가 요청하
면 석방 시기를 앞당길 수도…….」

「우리가 요청한다고요?」

「네, 왜 그러시죠? 이건 당연한 겁니다. 함께하는 시간이 길어질수록 우리는 우리 고객들의 운명에 깊이 공감하게 되어 급기야 그들과 한 몸이 되다시피 느끼죠. 그래서 스스럼없이 1인칭 복수를 사용하게 되는 거죠.」

「알겠습니다. 다만, 고객은 결국 교도소로 돌아가고 당신들은 카페에 가서 카푸치노를 마시게 되겠죠.」

「그렇게 매사를 부정적으로 보지 마십시오, 페트루케티 씨. 선생도 곧 아시게 될 테지만, 산타크로체 씨와 우리는 이미 수많은 시련을 함께 극복했습니다! 가령 현금 지급기 사건만 해도……..」

「그만, 부탁입니다. 난 모르는 편이 더 좋습니다.」 알폰소가 변호사의 말을 끊었다.

「정 그러시다면야. 자, 암튼 선생께서는 관계 당국에 제출할 확인서 작성도 해야 하니 우리 사무실에 한번 와주셔야겠습니다. 선생은 정기적인 수입이 있으십니까? 일을 하시느냐고요? 서류에 선생이 경제 자립체이며 전과 기록은 없다고 기록해도 되겠습니까?」

「나는 현재 안마사로 일하고 있습니다. 그리고 로마에 있는 내 아파트에서 받는 월세 수입도 조금 있고요…….」

「좋습니다! 마지막으로 한 가지만 더. 선생께서 산타
크로체 씨의 과도한 면을 누그러뜨리는 데 도움을 주셨
으면 합니다. 특히 그 문신 말인데요…….」

「어떤 문신 말입니까? 스무 개도 더 될 텐데요.」

「앞 팔뚝에 새긴 문신. 〈무슨 일이 있어도 후회란 없
다.〉 마지막 공판에서 산타크로체 씨가 그 글귀를 판사
눈앞에 들이댔는데, 판사가 그런 걸 좋게 볼 리 만무하
죠. 조건부 석방을 가능하게 하는 제일 중요한 요소 중
의 하나가 바로 속죄하는 마음임을 선생도 분명 쉽게
이해하실 겁니다. 이 점에 대해서, 제 설명이 명쾌했습
니까?」

「나는…… 아, 죄송합니다. 우리는 최선을 다해야겠지
요, 변호사 선생님.」 알폰소는 가방을 집기 위해 몸을
숙이며 다짐했다. 「죄송합니다만, 가볼 데가 있어서요,
정말 꼭 가야 하거든요.」 그가 문 쪽으로 가며 통화를
끝냈다.

15

복수란 얌전한 자들에게만
허락되는 즐거움

여자는 어쩌다 보니 이번만큼은 색을 맞추려고 신경
도 쓰지 않은 채 서둘러서 옷을 입고, 오스카를 불러 함
께 뛰듯이 계단을 내려갔다. 집 근처 광장에 있는 채식
주의자들을 위한 유기농 카페에서는 다양한 신문들이
며, 혈액을 산성화시키는 설탕이라고는 전혀 첨가하지
않은 맛있는 케이크들을 팔았다. 그런데, 혈액을 산성
화시킨다는 것이 의미하는 바에 대해서는 아무도 관심
을 보이지 않는 듯했다. 아무려나, 지금은 인간 신체와
관련된 알쏭달쏭한 화학에 대해서 질문할 때가 아니었
다. 다른 일이 그보다 훨씬 급하니까. 어스름한 새벽빛
속에서 여자는 고양이같이 유연한 걸음걸이로 널찍한
광장을 가로질렀다. 이른 시간이라 유기농 카페는 한가

했고, 아무도 건드린 사람이 없는지 입구 바로 옆자리 테이블 위에 놓인 신문들은 가지런한 상태 그대로였다. 여자는 그 신문들을 몽땅 들고서 늘 앉던 테이블로 갔다. 카운터 뒤쪽을 지키고 있던 여주인은 언제나처럼 여자를 향해 골수 〈비건〉[21]들의 전유물인 소극적이면서 동시에 공격적인 미소를 보냈다.

「식물성 우유를 넣은 카푸치노 드릴까요?」

「네, 고마워요. 오늘, 케이크는 어떤 게 있죠?」

「글루텐 프리 레몬 치즈 케이크. 혈당 지수가 아주 낮죠. 아니면, 오렌지와 아몬드 파이. 우유, 설탕, 밀가루가 전혀 들어 있지 않아요.」

파이라지만 파이 반죽도 들어 있지 않은 파이라고, 카를로타는 마음속으로 혼자 생각했다.

「좋아요! 나는 오렌지 아몬드 파이 한 쪽, 우리 오스카에게는 독일산 밀가루로 만든 비스킷 주세요.」

여자는 자리에 앉자마자 집어 온 일간지들의 사회면 지역 뉴스를 미친 듯이 훑기 시작했으나, 어디에도 강가

21 채식주의자 중에서 유제품과 알을 포함한 모든 종류의 동물성 음식을 먹지 않는 사람.

에서 살해당한 여자에 관한 언급은 없었다. 여자는 심지어 제일 짧은 기사까지도 모조리 몇 번씩이고 확인했지만, 아무 기사도 없었다. 완전 헛수고. 타액 분비며 음식물을 천천히 씹으라는 권유와 관련한 미신적이랄까 영양학적이랄까 암튼 그런 지침(한 입 먹을 때마다 최소한 열세 번은 씹어야 한다, 라는 게 귀네스 펠트로[22]의 〈가르침〉이었다) 따위는 깡그리 무시한 채 여자는 주문한 파이를 우적우적 씹어 삼키더니 이내 단숨에 카푸치노 잔을 비웠다. 괜한 미련이 남지 않도록 일을 확실히 매듭지으려면 강가로 가서 시체가 그대로 있는지 확인해야 할 터였다.

다리 부근에 도착했을 때 휴대폰이 울리자 여자는 팻개릿[23]보다 더 신속하게 주머니에 한 손을 넣어 전화기를 꺼내 기대에 부푼 마음으로 화면을 살폈다. 희망은 여전히 여자의 편이었다. 여자는 **레나토 아모레**라는 글자가 뜨는 동시에 포르토 체르보[24]에서 애인과 찍은 셀피

---

22 Gwyneth Paltrow(1972~). 미국의 영화배우.
23 Pat Garrett(1850~1908). 미국 뉴멕시코주의 보안관으로, 1881년 〈빌리 더 키드〉라는 악명 높은 총잡이를 잡은 것으로 유명하다. 이 일화는 영화로도 제작되었다.

가 화면을 채우자 안도감에 가슴을 쓸어내렸다. 파스텔 색조의 폴로 랄프 로렌 셔츠를 입은 여자와 레나토가 완벽하게 그을린 모습으로 다정하게 서로를 끌어안고서 환하게 미소 짓는 순간을 포착한 사진이었다. 그야말로 완벽한 커플.

「차오, 내 사랑. 지금에야 드디어 나한테 전화하기로 마음먹은 모양이네…… 뭐라고? ……그런 게 아니라 먼저 나를 공격한 건 자기 엄마야, 그렇대도! 쓸데없이 폭력을 행사했다고? 이런 제기랄, 도대체 무슨 말이 하고 싶은 건데? 자기 엄마가 나를 모욕하고 쳤다니까…… 그래, 물론이지, 자기 엄마는 연세가 많으시지, 맞아, 하지만 난 어머님이 나약하시다는 데에는 동의할 수 없어, 게다가 손가락마다 낀 반지는 또 어쩌고…… 폼페이의 성모라고 해도 반지를 그렇게 많이 끼진 않았거든. 자기가 사랑하는 엄마는, 말하자면 무장한 셈이라고, 암, 그렇고말고! 레나토, 제발 부탁인데, 아버님께 여쭤봐…… 난 취하지 않았어, 그저 약간 기분이 업되었던 것뿐이지. 나도 알아, 기분 좋을 일이 하나도 없다는 건 나

24 이탈리아 사르데냐섬의 휴양지.

128

도 안다고…… 그런데 그게 뭐, 그게 어쨌다는 거야? 게라르디니토네티 같은 사람들이 나랑 무슨 상관이야, 구역질 나는 위선자들일 뿐이지. 그 작자들은 약쟁이 아들 녀석이랑 자폐증 환자 딸이나 잘 보살피라고 해. 게라르디니토네티 집안도 꼴좋네. 나에 대해서 술을 너무 마셨네 아니네 하면서 이러쿵저러쿵 험담 늘어놓을 시간에 자기들이나 잘하라고 해. 그게 무슨 소리야, 〈웅변적으로 보여 주는 사건〉이라니? 도대체 그게 무슨 뜻이냐고. 끝났다고? 아니, 그건 또 무슨 소리야, 끝났다니? 레나토, 나를 이런 식으로 차버리면 안 되지! 난 벌써 피로연 음식까지 주문했어, 레나토! 이봐, 레나토? 나쁜 놈, 꺼져, 너랑 네 엄마랑 모두 꺼져 버리라고…… 레나토? 레나토? 여보세요!」

레나토는 벌써 전화를 끊은 상태였다.

여자는 전화기를 다리 난간 위로 던져 버리고 싶은 마음을 간신히 억눌렀다. 그럴 정도로 분노가 치밀었다. 이 모든 건 전부 교활한 라우다미아와 정신 나간 게라르디니토네티 부부의 잘못 때문이야!

이제 어쩐담? 여자는 이제 끝장이었다, 빌어먹을.

여자는 벤치에 앉아 오스카를 품에 꽉 끌어안았다. 개는 제 딴에도 뭔가 불안한지 낑낑거렸다. 여자는 레나토라면 충분히 잘 알고 있었다. 그 머저리가 자기와 결혼하지 않기로 결심했다면, 그건 분명 지독하게 오버하는 자기 엄마의 전적인 지원 하에 이루어진 결정일 테니, 아무것도, 심지어 감마선 폭탄이 레나토가 부리는 여자 변호사의 아리따운 금발 위로 떨어진다 해도 그 결심이 바뀌지는 않을 것이었다.

그렇다면.

그렇다면, 남은 건 복수뿐이었다.

「복수는 얌전한 자들에게만 허락되는 즐거움이라고.」여자는 나직하게 흥얼거리기 시작했다. 「그러니 괜한 공격이나 지나친 흥분은 잊어버려야 해…….」

가사가 어떻게 되더라? 아, 그렇지, 맞아. 「괜한 공격이나 지나친 흥분은 잊어버려야지, 그건 천박하니까, 그건 비겁하니까…….」

여자는 모차르트의 아리아를 떠올림과 동시에 「피가로의 결혼」으로 오페라 시즌 개시를 알렸던 저녁 모임을 기억했다. 그날 저녁, 여자는 레나토(그는 〈당연히〉

연미복 차림이었다)와 팔짱을 끼고, 어깨는 꼿꼿하게 젖히고 복부는 약간 앞으로 내민 자세로 오페라 극장의 휴게실을 가로질렀다. 한번 패션쇼 모델의 무대 워킹을 배우고 나면, 그건 마치 자전거 타기와도 같아서, 몸이 잊지 않고 기억하는 법이다. 여자는 그때 발렌티노 빈티지 드레스 차림이었다. 당연히 빨간색이고, 당연히 등이 깊게 파인, 한마디로 드레스의 정석 같은 옷이었다. 두 사람 뒤로는 몇 발짝쯤 떨어져서 여자의 장래 시부모님과 게라르디니토네티 부부, 이렇게 두 부부가 있었고 몇 발짝쯤 앞에는 시장과 그의 부인, 그리고 시트콤의 여배우──여자가 이름을 잊은 그 배우는 〈눈에 확 띄게〉 임신 중이었는데, 그도 그럴 것이 임신 9개월째라 여차하면 피가로의 침대에서 아이를 낳을 수도 있는 상황이었다──가 앞서 걸었다. 사진기자들은 기관총 쏘듯 미친 듯이 셔터를 눌러 댔다. 여자는 자기가 끼고 있는 약혼반지──코발트 빛깔의 인도 카슈미르산 사파이어(15.06캐럿, 현재는 사라진 광산)가 가운데에 있고, 그 양쪽 옆에 각각 세모난 다이아몬드(1.27캐럿과 1.43캐럿)를 하나씩 배열해서 백금으로 세팅한 반지──

가 마치 작은 발광체처럼 플래시 세례를 받아 찬란한 광채를 뿜어냈던 걸 또렷하게 기억했다. 레나토는 그 반지를 두 사람이 만난 지 2주년을 기념하는 밤, 사랑을 나누고 나더니 여자의 손가락에 끼워 주었다. 여자는 그날 밤 너무도 설득력 있는 오르가슴을 연출하고 난 터였다. 아마도 〈반지〉 이벤트가 마침내 목전에 다가왔음을 예감했음이 틀림없었다. 막연한 감사의 마음과 안도감에 이끌려 여자는 대단히 극적인 쾌감, 극사실적인 동작과, 뭐랄까 쾌락이라기보다는 오히려 내장 적출 혹은 배설을 암시하는 듯한 음향 효과까지 신경 쓰면서, 한 편의 드라마를 만들어 내는 데에 몰입했다. 여자는 지금까지도 그날 일을 떠올릴 때면 어쩐지 마음 한구석이 불편한 게 사실이었다.

여자는 레나토가 어쩌다 큰맘 먹고 제대로 핥아 준 덕에 간간이 오르가슴을 느낄 때면 — 그건 대체로 여자가 취했을 때, 혹은 수음까지 포함하여 완전히 금욕 상태에 있는 동안에 해당되었다 — 항상 자신이 진짜 오르가슴에 도달한 적이 몇 번이나 되는지 레나토가 알고 있는지 궁금했다.

그럴 만도 한 것이, 이제 와서 고백하는 거지만, 여자의 전 약혼자는 솔직히 오럴 섹스에 그다지 뛰어나지 못했다. 그의 혀는 딱히 정해진 기준이나 맥락이라곤 없이 허둥대면서 괜히 여기저기 집적거려서 정신을 사납게 만드는 경향이 있었다. 위로 갔다가 아래로 갔다가 겨드랑이 근처에서 맴돌다 뜬금없이 대음순 사이를 파고든다거나, 도저히 이해할 수 없는 열정으로 항문 부위에 오래도록 머물다가는 정작 가장 중요한 일, 다시 말해서 체계적이고 참을성 있게 리듬을 타면서, 이 세상이 존재하는 이래로 정상적인 클리토리스가 요구해 온 섬세한 왕복 운동은 흐지부지 대충 마무리해 버리는 식이었다.

반지를 돌려주는 일에 관해서라면, 기다렸다가 천천히 해결할 수 있을 터였다. 제아무리 집안에서 대대로 대물림하는 보석 — 고조부와 그의 동반자가 지녔던 보석으로, 여러 세기를 지나오면서 결단력 있는 수컷들이 머지않아 왕가의 일원으로 허락되려 하는 운 좋은 암컷들에게 선사함으로써 이 사람 저 사람, 이 손가락에서 저 손가락으로 전해진 반지 — 이라 한들 그까짓 게 무

슨 대수란 말인가. 이제 그 반지는 *final destination*(종
착지)을 찾았다. 그 반지는 여자의 손가락에, 백정과 가
정주부의 딸인 카를로타 비톤티의 손가락에 *for ever
and ever*(영원히) 머물 것이다.

귀족의 피를 타고났습니까? 전혀.

보유한 동산과 부동산이 있습니까? 전혀.

석사나 박사 학위가 있습니까? 전혀.

구사하는 외국어는 있습니까? 아, 그거라면 있어요.
영어와 프랑스어 독해와 작문이 가능하고, 특히 회화
가…… 꺼져, 이 개자식들아.

여자는 절대로 그들에게 반지를 돌려주지 않을 작정
이었다.

갑자기 전의가 불끈 솟아난 여자는 자리에서 벌떡 일
어나 씩씩한 걸음으로 강을 향해 걸었다. 복수 계획을
확정 짓기에 앞서 여자는 죽은 여자가 여전히 그곳에
있는지 확인할 필요가 있었다. 만일 그렇다면 113에 신
고도 해야 할 터였다. 교훈을 터득했으니까, 암, 그렇고
말고! 죽은 자들은 절대 가볍게 여겨서는 안 된다. 죽은
자는 절대적으로 우선권을 갖는다. 여자는 신속하게 강

둑으로 내려갔다. 오스카는 빨리 걸으면서 쉬지 않고 줄을 잡아당기는 주인과 보조를 맞추기에 적합하지 않은 몽땅한 다리 때문에 곤혹스러운지 연상 낑낑거렸다.

마침내 강가에 다다른 여자는 시체가 사라졌음을 확인했다. 카를로타는 바닥에 주저앉고 말았다. 사시나무 떨듯 몸이 떨렸다. 동시에 솟구치는 불안과 경악.

아니, 도대체 시체가 어디로 간 거야?

이젠 어떻게 해야 한단 말인가? 그래도 경찰에 전화해서 주절주절 얘기를 해야 하나? 「안녕하세요, 저어, 어제 강가에서 시체 한 구를 봤는데요, 아주 예쁘고 우아한 여자인데 죽어 있었어요, 분명 죽어 있었다고요. 알아요, 그 즉시 경찰에 신고했어야 했다는 건 나도 알고 있어요. 하지만 나한테는 아주 힘든 하루가 기다리고 있는 데다, 괜한 일에 얽히기도 싫고 해서 그냥 끼어들지 않는 편을 택했죠. 암튼 지금이라도 이렇게 신고하잖아요, 이미 너무 늦었는지 모르겠지만요. 그래도 아예 하지 않는 것보다는 낫잖아요, 안 그런가요? 그렇긴 한데, 글쎄 그 시체가 사라졌어요. 그런데 신문에 기사 한 줄도 안 난 걸 보니 누군가가 도움을 요청해서 일이 그렇게 되었으리라는 가정은 배제해야 할 것 같네요. 요컨대 희한한 수수께끼인 거죠. 어쨌거나 〈나랑 상관없는 일이다〉라는 것이 내 입장이니, 당신들이 뭔가할 수 있는 일이 있는지 생각해 보세요, 이 정도면 내 의무는 다한 것 같군요.」 딸깍.

아니, 이런 말이 먹혀들 리가 없어.

여자는 두 손으로 얼굴을 감싸고 엉엉 울기 시작했다.

16

오직 너만이 그럴 수
있을 만큼 근사해

단호하리만치 낭랑한 전화벨 소리에 카를로타 비톤
티는 잠시 울음을 멈추었다. 훌쩍이면서 손등으로 눈물
을 닦은 그녀는 화면을 확인했다. 모르는 번호. 만일 콜
센터에 틀어박혀서 그녀가 이미 구독 중인, 게다가 불
만이라고는 전혀 없는 잡지를 팔려고 기를 쓰는 어린
루마니아 직원이 건 전화라면, 즉각 끊어 버리면 되지
뭐……. 그런데 전화기에서는 어린 루마니아 여직원 대
신 레나토의 아버지, 가문의 표시라던가, 암튼 그녀에
게는 이제 구성원이 될 기회가 사라져 버린 그 가문 사
람답게 〈r〉를 유난스럽게 굴려서 신경을 거스르는 목소
리가 여자의 귓속을 파고들었다. 「카르르를로타, 별일
없니?」 가문의 어른이 인사를 건넸다. 「애야, 아는지 모

르겠다만, 내가 무척 심르르란했단다. 어젯밤에도 너한테 전화를 할까 하다가, 네가 벌써 잠들었을 거라고 생각하기로 했지. 오직 너만이 그럴 수 있을 만큼 아르르름답고 평온하고 근사한 모습으로 말이다…….」

이 늙은 호색한은 어쩜 이렇게 천연덕스러울 수가 있지? 분통이 터진 카를로타가 생각했다.

이젠 이 영감탱이도 쫓아 버려야지, 아니 그 정도가 아니라 제기르르라알, 닥치고 꺼져 버리라고 망신을 줘야겠어.

그런데 그때 별안간 그녀의 직관이 그따위 멍청한 짓거리는 하지 말라고 타일렀다.

카를로타는 깊이 숨을 들이마신 다음, 최대한 섹시한 목소리로 화답했다.

「차오, 잔니! 전화를 하려고 했던 사람은 저예요, 어제저녁에 감사했습니다…… 솔직히 아버님 아니었다면 어제 제가 어떻게 했을지 잘 모르겠네요. 아뇨, 오스카 데리고 산책 나왔어요, 아시다시피 녀석도 볼일을 봐야 하니까요. 저요? 제 기분이 어떻기를 바라시는데요? 레나토에게는 거의 말도 하지 못했어요, 마침 전화를 주

셨으니 알려 드리는데요, 그이는 저를 떠났어요, 절 차
버렸다고요⋯⋯ 결혼식을 6개월 앞두고, 이게 말이 되
나요? 네, 그이가 나약한 남자라는 건 저도 잘 알죠⋯⋯
아뇨⋯⋯ 아버님은 달라요, 이렇게 말하긴 뭣하지만, 그
이가 정말 아버님 아들 맞는지 의심이 들 때도 있어요.
그럼요, 벌써 피로연 업자도 예약해 두었는걸요. 왜 있
잖아요, 날것 그대로 요리하기로 유명한 시칠리아 출신
셰프, 셀러리 강권하는 탈레반⋯⋯ 그 사람, 책도 냈어
요, 『익혀 먹고 배탈 나기』라는 제목의 책인데, 요즘 판
매 1위예요⋯⋯ 네, 일찌감치 예약해 놓지 않으면 혹시
치커리 교조주의자를 잊어버리게 될까 봐 그랬죠, 하지
만 어쩌겠어요, 이젠 그런 사람 완전히 잊어버려도 상
관없게 되었네요. 오, 이런 이야기는 더 이상 하고 싶지
않아요⋯⋯ 아뇨, 웨딩드레스는 아직⋯⋯ 천만다행이
죠! 네, 좋아요, 우리 다른 이야기 해요, 안 그러면 또 눈
물이 쏟아질 것 같아요⋯⋯ 네, 저도 어렴풋이 이해했어
요⋯⋯ 네, 강아지하고 둘이 있어요⋯⋯ 강가 풀밭에 앉
아 있죠⋯⋯ 설마 그럴 리가요, 들쥐라뇨, 적어도 그런
건 없어요, 게다가 전 들쥐라는 건 이제껏 한 번도 본 적

이 없는 걸요, 어쩌면 강변에서 쥐 소탕 작전을 벌였을
지도 모르죠…… 네, 개 소리가 들리니 녀석들이 모두
도망갔을 수도 있겠네요, 그야 알 수 없는 노릇이죠……
그러는 아버님은, 어디 계셔요? 사무실? ……혼자……
뭐라고요? 버림받으셨다고요? ……으음, 물론이죠, 아
버님 뵈러 갈 수 있어요, 언제가 좋으신데요? ……저녁
먹자고요? 부인한테는 뭐라고 말씀하실 건데요? 부인
이 저를 지독히도 미워하는 거, 잘 아시면서…… 비즈니
스용 식사라, 물론 그러실 테죠, 그런 걸 묻는 제가 바보
네요…… 원하신다면, 안 될 것도 없죠…… 저녁 식사 전
에? ……점심 식사 때? ……지금이오? ……너무 서두르
시는 거 아녜요? ……네? 벌써 충분히 기다렸다고요?
……이런, 무슨 말을 어떻게 해야 할지 모르겠네요……
무슨 옷을 입었냐고요? ……흰색 폴로셔츠, 진 바지, 스
니커스…… 그게 무슨 말씀이죠, 그 속이라뇨? ……아,
이제 알았어요, 흰색 레이스 브래지어…… 더 아래? 그
건 상상에 맡길게요…… 네, 사진 찍어서 보내드릴게요,
하지만 아버님 사진 먼저 보내 주세요, 서재에서 책상
앞에 앉아 있는 모습으로요…… 저는 알겠어요, 스웨터

걷어 올리고, 브래지어는 내리고. 하지만 아버님도 저를 꿈꾸게 해주셔야 해요…… 네, 그렇게 하면 아주 좋아요, 그렇게 찍어서 저한테 보내 주세요.」

17
상징적인 선택

페를라 트로이야는 강가로 가는 발렌티나와 야코포와는 동행하지 않기로 마음먹었다. 그 대신 집에 남아서 멍청한 아빠가 주재하게 될 가족회의 시간을 기다리기로 했다. 의제는 물론 엄마를 위한 정신 치료와 페를라 자신의 방학을 이용한 런던에서의 연수, 이렇게 두 가지였다.

발렌티나와 야코포는 서둘러서 옷을 입고는 세수도 하지 않은 채 페를라의 집에서 나왔다. 두 사람은 가는 길에 마주친 카페에서 적당히 아침을 해결했다. 발렌티나는 아이폰 자판을 두드려 죽은 여자와 관련한 정보를 검색해 보았으나, 결실이라곤 없었다.

두 사람은 거의 대화를 나누지 않았다. 카페를 나서

면서 발렌티나는 경찰에 신고하겠다는 확고한 결심을 내비쳤다. 야코포는 더 이상 반대할 기운도 없는지 어깨만 한 번 으쓱하더니 여자 친구 옆에서 묵묵히 걷기만 했다.

이윽고 두 사람은 다리를 건너 다시금 강가로 내려갔다. 두 사람이 향한 곳은 남의 눈에 띄지 않으면서 현장을 염탐할 수 있을 만한 작은 평지였다. 그곳에서는 남들의 이목을 끌지 않으면서 전날 시체를 발견한 바로 그 현장을 지켜보는 일이 가능했다.

두 사람은 손을 맞잡은 채 조심조심 움직였다.

죽은 여자의 자취는 어디에서도 눈에 띄지 않았다. 그 대신 젊은 여자 한 명이 땅바닥에 주저앉아 울고 있었다.

「내 생각엔 그냥 가도 될 것 같아. 시체가 없잖아.」 야코포가 발렌티나의 귀에 대고 속삭였다.

「이번엔 무슨 일이 있어도 난 남아 있을 거야, 내가 벌써 말했잖아.」 발렌티나는 고집을 꺾지 않았다. 「이번 만큼은 반드시 경찰을 불러서 모든 걸 다 말할 거야.」

「모든 거라니, 뭘 말하겠다는 거야? 죽은 여자는 흔적도 없이 사라졌는데.」

「네 생각엔 그 여자, 어떻게 되었을 것 같아?」

「그걸 내가 어떻게 알아? 강의 요정들이 데려갔나 보지, 뭐.」

「말도 안 되는 소리 그만해. 진실은 이거 딱 하나야, 여기, 바로 이곳에서 우리 두 사람이 공식적으로 시체한 구를 보았다는 사실. 그러니 여기엔 경찰이 있어야마땅하지, 범죄 현장이니 통제선 같은 것도 쳐놓고 말이야…… 내가 인터넷에서 검색해 봤는데, 시체가 발견되었다는 기사는 어디에도 없었어. 그러니까…….」 발렌티나는 잡고 있던 야코포의 손을 놓더니 별안간 팔을긁었다.

「그러니까, 뭐?」 야코포가 오른손을 위에서 아래로축 늘어뜨리며 물었다. 달려 있는 손가락들이 마치 아티초크 같아 보였다.

「그러니까…… 내 말은 저기서 울고 있는 저 여자가범죄 현장을 다시 찾은 살해범이고, 따라서 시체를 강속으로 사라지게 한 자는 바로 저 여자라는 거지.」

「무슨 소리야, 발렌티나, 잘 생각해 봐. 살해범이라면 강아지 같은 걸 끌고 나와 어슬렁거리는 어리석은 짓은 하지 않을 테지. 게다가 살인범이 저렇게 엉엉 운다는 게 현실성이 있는 것 같아?」그는 부드럽게 발렌티나의 뺨을 어루만지면서 여자 친구에게 이성을 되찾으라고 넌지시 권유했다.

「바로 그거야, 살인을 저지른 다음에 찾아오는 고전적인 우울 증세 같은 거. 〈악어의 눈물〉이라고 표현하기도 하지. 야코포, 너도 알겠지만, 고통은 아주 복잡하고 모호한 감정이거든. 우리 아빠가 우는 모습을 내가 얼마나 자주 봤는지 몰라, 그러니까 아빠가 엄마를 배신하고 난 다음에 말이야. 암튼 넌 그런 거 아마 모를 거야. 울어야 할 사람은 오히려 아빠에게 버림받은 엄마인데도 말이야, 안 그러니?」발렌티나는 말총머리에서 삐져나온 머리카락 몇 올을 손가락으로 계속 돌돌 말면서 말했다.

「그런데 네 엄마는 어떻게 하셨어?」야코포가 물었다.

「엄마는 계속 접시만 깨뜨리셨지. 아니면 계속 물건을 주문하시거나.」

「어떤 종류의 물건?」

「새로 나온 소파나 아이스크림을 만들어 주는 냉장고 같은 거, 혹은 빔비…….」

「밤비라고?」

「아기 사슴 밤비가 아니고 빔비, 가전제품이야. 요리를 비롯해서 원하는 건 뭐든 할 수 있는 기계. 심지어 치즈 퐁듀도 덩어리가 생기지 않게 만들어 먹을 수 있어. 빔비 안에 재료를 모두 넣고서 프로그램을 설정한 다음 뚜껑을 닫고, TV를 보거나 피트니스 클럽에 다녀와도 돼. 기계가 다 알아서 해주니까.」

「그러니까 너의 엄마는 가구나 가전제품과 구겨진 자존심을 맞바꾸셨단 말이네.」

「흠, 그건 때에 따라 다르지. 어떤 땐 훨씬 급이 높은 걸 요구하기도 하셨어. 예를 들어, 한번은 엄마가 집을 한 채 요구하셨어. 〈이 시점에서, 나한테 바다가 보이는 아파트 하나 정도 요구할 권리는 충분히 있다고 생각한다〉라고 말했거든. 그래서 아빠는 코트다쥐르에 코딱지만 한 아파트를 한 채 구입하셨어. 프랑스 사람들은 그런 걸 〈스튜디오〉라고 하더라. 다 합해 봐야 면적이 15제곱미터밖에 안 되기 때문에, 어쩌다 토마토소스라도 만들라치면 네 벽을 다시 칠해야 할 정도였어. 그건 진짜 아파트라기보다 상징적인 선택인 셈이었지, 무슨 말인지 알겠어?」

「상징적이라…… 그렇다 해도 네 아빠는 꼬박꼬박 대출금을 갚으셔야 했을 테고…… 틀림없이 그것 때문에 네 아빠가 그렇게 자주 우신 모양이네.」

「어쩌면 그랬을 수도 있지.」 발렌티나가 순순히 동의했다.

「엄마한테 빔비를 코트다쥐르에 가져다 놓으시라고 해. 그러면 적어도 네 벽에 페인트칠하는 돈은 아낄 수 있을 테니까…….」

「저기 좀 봐.」 발렌티나가 둘째 손가락으로 덤불을 가리키며 그의 말을 끊었다. 「저기, 오른쪽, 고물 세탁기 근처에서 방금 뭔가가 움직였어…… 남자 같았는데……. 어째 수수께끼가 점점 더 꼬여만 가는걸.」

「수수께끼는 무슨. 저 사람, 맨날 고함지르는 그 미친 사람이잖아. 저 남자는 이 근처 노숙자야. 넌 너무 병적이야. 머리가 어떻게 되어 가는 중이라고, 발렌티나. 그 정도 했으면 됐어. 이제 그만 가자. 자, 어서, 이건 명령

이야!」 야코포가 발렌티나의 손을 잡았다.

「안 돼, 잠깐만! 너도 들었어? 저 여자 지금 통화 중이야, 잘 들어 봐…….」 발렌티나가 말했다.

「오스카라는 이름도 나오는군…….」 야코포가 낮은 목소리로 말했다.

「쉬이잇.」

「방금 네가 들어보라고 했잖아…….」

「쉿, 입 닫고 듣기만 해.」

「오스카가 누구지?」 야코포가 눈치 없이 중얼거렸다.

「개 이름이야, 그러니 좀 조용히 해, 젠장!」

「그럼 레나토는 또 누구고?」

「저 여자 약혼자였는데, 결혼식을 6개월 앞두고 저 여자를 버렸다잖아. 그런데 저 여자는 벌써 피로연 음식도 예약했대. 넌 귀가 먹은 거야, 뭐야?」

「정말 그런가 봐. 지난여름 이비사에 갔을 때, 스피커에서 너무 가까운 쪽에서 춤을 췄나 봐. 그 후로 귀가 잘 안 들려, 귀에서 휘파람 소리도 들리고…….」

「제발 그 입 좀 닥쳐!」

「쥐들이라고?」

「조용히 해.」

「내가 보기엔 전화기 너머 상대가 저 여자를 따먹으려는 거 같아.」 야코포가 추측했다.

「너, 당장 조용히 하지 않으면, 나한테 대갈통 제대로 맞는다.」

「여자가 강아지를 나무에 붙들어 매는데.」

「그러게…….」

「대체 왜 그러는 거지?」 야코포가 자꾸 말을 시켰다.

「그건 나도 모르지.」 발렌티나도 마지못해 대꾸했다.

「자, 그럼 우린 이제 그만 여길 뜨자.」

「난 모르겠어, 아니 안 갈래.」

「난 모르겠어, 난 모르겠어…… 넌 맨날 다 모르겠다고만 하더라…… 어라! 저 여자, 지금 뭐 하는 거지?」

「옷을 벗잖아.」

18
슬라이딩 도어즈

때로는 불과 몇 초 만에 인생의 흐름이 완전히 바뀌기도 한다. 카를로타 비톤티는 녀석이 자신의 연출 작업을 방해하지 못하도록 가엾은 오스카를 나무에 붙들어 매면서 제법 철학적인 한마디를 되뇌었다.

때로는 무의식적인 하나의 몸짓이 너를 미지의 은하계로 데려갈 수도 있다. 그녀는 옷을 벗으면서 중얼거렸다.

조신함이라는 면에서는 안타깝지만, 어쩌겠어. 그녀는 카메라의 렌즈가 자신의 얼굴을 향하지 않도록 휴대폰과의 거리를 조절하면서 결론지었다.

운명이 항상 제일 강하다. 그녀는 중얼거리면서 자유로운 나머지 손으로 양 가슴을 두 젖꼭지가 거의 붙을 정도로 꽉 움켜쥐었다. 그와 거의 동시에 들려오는 셔터 소리가 사진이 찍혔음을 확인해 주었다.

「슬라이딩 도어즈」,[25] 어디 한번 인생을 걸어 보자고. 여자는 작은 화면 속으로 보이는 자신의 드러난 젖가슴을 요리조리 뜯어보며 혼잣말을 했다.

이만하면 나쁘지 않네, 라며 여자는 흡족해했다. 다시 찍을 필요는 없겠어. 하긴, 서커스에서처럼, 언제나 제일 처음이 좋은 거야.

카를로타는 이제는 전 시아버지가 되어 버린 남자의 번호로 사진을 전송하고서 약속받은 사진이 도착하기를 기다렸다.

참을성 있게 기다리는 거야. 그녀는 다시 옷을 챙겨 입으며(이렇게 강가에서 반쯤 벌거벗은 상태로 누군가를 만나기라도 한다면 그야말로 설상가상이겠지) 마음을 다잡았다.

몇 분쯤 지났을까, 마침내 띠링 소리가 들렸다. 그녀

25 피터 호윗 감독, 귀네스 펠트로 주연의 1998년 영화. 단 몇 초 차이로 지하철에 탔을 때와 타지 못했을 때 인생이 두 갈래로 나뉘는 내용을 담고 있다.

는 떨리는 두 손으로 2차원 화면 속에 잔니의 벗은 몸이 뭐랄까, 조화로운 상태 속에 모습을 드러내도록 전화기를 조작했다. 문제의 그 몸은, 지나가는 말이지만, 70대라는 나이치고는 상당히 봐줄 만했다. 그러나 카를로타를 진정한 열정으로 가득 채워 준 건 잔니의 의자 뒤에 걸린 데 키리코의 그림 한 폭(모작이었다, 원작은 금고 속에 고이 보관 중이었으니까)이었다. 사진은 잔니, 운 좋은 소수의 친한 사람들에게는 잔니노라 불리는 그가 두 다리를 쩍 벌린 채로 의자에 벌렁 누워 바지 앞섶을 열고 한 손으로 자신의 물건을 쥐고 있는 순간을 제대로 포착한 셈이었다. 데 키리코의 그림은 그러므로 책상과 손 안에 든 물건이 잔니노의 것임을 확인해 주는 부인할 수 없는 증거였다. 그 장소, 그리고 그 장소의 소유주를 아는 사람이라면 누구에게나 의심할 여지가 없을 터였다.

누구에게나.

특히 그의 부인에게라면.

메시지를 전송하기만 하면.

이제 내 인생은 달라질 거야.

곰곰이 생각해 보면, 지금까지 그녀의 인생은 도무지 그녀의 마음에 들지 않았다. 따라서, 그녀가 전송 버튼을 누르기만 하면, 그게 마음이 들건 들지 않건, 그 인생은 완전히 과거가 될 것이었다. 그녀는 도시에서 제일 잘났다는 여성 고객들, 카를로타 비톤티가 매장에 없다면 왔다가도 되돌아가 버릴 그런 고객들의 신뢰를 한 몸에 받는 유능한 판매 직원이었다. 그런데 이제 그런 것들은 다 끝났다. 판매 직원이라는 직업과도 어쩌면 영영 작별하게 될 것이었다. 사적인 칵테일 행사나 근사한 파티, 전시회 개막 행사, 공연 초연, 시사회, 수준 높은 경매 행사 등의 초대 손님(R.S.V.P.)이 되는 것도 아마 끝일 것이다. 각종 브런치 모임이나 점심 식사, 저녁 식사 혹은 한심하기 짝이 없는 뷔페에서의 식사같이 하찮은 일조차. 이 모든 것이 그녀가 전송 버튼을 누르는 순간 다 끝나 버릴 것이다…… 그때 젊은이들이 말다툼하는 듯한 소리가 들려왔다. 서둘러야 할 판이었다. 얼른 결정을 내려야 해. 그녀는 깊게 숨을 들이마신 다음 연락처에서 라우다미아 부인의 전화번호를 검색했다. 그러고는 단호하게 메시지를 전송했다.

19
상대와의 접촉

알폰소 카루나도 역시 사람들이 웅성거리는 듯한 소리를 들었다. 굉장히 감수성이 뛰어나며 레이키 3단계 자격증을 획득한 기 치료사라면 언젠가는 들을 수 있을 외계인의 소리는 아니고, 그보다 훨씬 산문적이고 구체적이라 할 수 있는 두 명의 청소년이 주고받는 대화 소리 말이다. 그가 때맞춰 걸음을 멈춘 덕분에 문제의 두 청소년은 그의 출현을 전혀 눈치채지 못했다. 알폰소는 무거운 수정구가 들어 있는 가방을 땅바닥에 내려놓은 다음 덤불 뒤에 몸을 숙이고서 두 사람을 관찰했다. 남자아이는 제법 귀염성 있는 모습이었다. 타고난 금발에 듬직한 어깨, 엉덩이도 높이 올려 붙어 봐줄 만했으나, 속에 입은 팬티가 밖으로 나올 정도로 허리춤이 낮게 달린 끔찍한 골반 바지 — 젊은 사내들에게는 뭐니 뭐니 해도 형태가 조화로우며 아름답게 굴곡진 엉덩이가 최고라고 생각하는 알폰소와 같은 부류의 미적 감각 소유자들의 눈에는 한마디로 현대 사회가 낳은 대재앙 — 가 그 매력을 반감시켰다. 반면, 여자아이는 남자아이보다 덜 예뻤다. 아무리 후하게 봐주어도 〈그저 귀여운〉 정도였다. 마른 데다 가슴은 절벽처럼 납작하고, 도수 있는 안경에 청바지, 분홍색 농구화, 말총머리. 분명 자기 반에서 1등은 맡아 놓은 아이일 성싶었다. 『싯다르타』나 『사랑의 기술』 같은 책, 혹은 카바피의 시집을 즐겨 읽으며, 기회만 있으면 그를 인용할 것 같은 부류. 〈자주 돌아와서 나를 안아 다오, 얼마나 좋아하는 느낌이런가, 돌아와서 나를 안아 다오…….〉 「어떤 부류인지 알 것 같아.」 그 자신이 그 같은 부류의 학생이었던 관계로 알폰소는 여자아이가 어떤 스타일일지 대번에 알아차렸다.

두 아이가 뭐라고 속삭였다. 알폰소는 얼마 지나지 않아 그 아이들도 자기와 같은 이유, 즉 죽은 여자 때문에 이곳을 찾았음을 알 수 있었다. 사내아이는 그곳을 떠나려는 반면 여자아이는 계속 거기 있겠다고 고집을 부리는 중이었다. 여자아이는 손짓 발짓을 하며 몸을 긁는가 하면 연신 고개를 흔드는 모습이 마치 어린 노루처럼 불안해 보였다. 그러는 여자아이를 남자아이가 참을성 있게 달래 주고, 쓰다듬어 가며 진정시키려고 애썼다. 여자아이는 경찰에 전화하겠다고도 말했다. 저 녀석들이 경찰을 부른다면, 모든 건 끝장이라고 생각한 알폰소는 당장 끼어들어서 두 아이를 멀찌감치 쫓아낸 다음 수정구를 놓고 향을 피워 명상을 〈세팅〉해야겠다고 마음먹었다. 그렇게 하면 죽은 자의 영혼과 접촉이 이루어질 테니까.

더구나 그는 그러기 위해서, 이 모든 난맥상을 바로 잡기 위해서 이곳에 온 터였다.

알폰소는 죽은 여자의 사체가 있을 만한 장소가 어딘지 눈여겨보며 은신처에서 한 발짝 빠져나왔다.

그러는 동안에도 시간은 계속 흘러만 갔다.

유일한 해결책은 두 청소년에게 다가가서 그 아이들에게 경찰을 부르지 말라고, 아니 적어도 그가 자신의 임무를 다할 때까지만이라도 그러지 말아 달라고 설득하는 것이었다.

어쨌거나 한 가지는 확실했다. 두 아이는 서로를 사랑하고 있었으며, 그건 불을 보듯이 명백했는데, 왜 그런지는 잘 모르겠지만, 바로 그 점 때문에 그 아이들은 깊은 시름에 잠겨 있었다. 알폰소는 자기가 하고 있는 사랑에 대해 잠시 생각해 보았다. 루이지는 이제껏 그에게 단 한 번도 다정한 몸짓을 한 적이 없었다. 그의 볼을 어루만진 적도, 머리카락에 입을 맞춘 적도 없었다. 늘 걸핏하면 성을 내고, 또…… 사납게 굴었다. 마치 그의 안에 굶주린 코요테가 들어앉아서 호시탐탐 알폰소를 덥석 물고는 예리한 주둥이를 그의 살 속에 찔러 넣을 궁리만 하는 것처럼. 둘 사이의 섹스에 있어서도 루이지는 늘 성급했다. 아니, 그보다는 늘 폭력적이었다는 말이 더 정확했다. 그는 항상 자기가 지배자, 그러니까 〈갑〉의 위치에 있는 수컷임을 증명해 보이기를 원했다. 돈에 관한 것만 빼고는 모든 일에 있어서 자기가 수컷 갑이지, 라며 못마땅한 알폰소가 구시렁거렸다. 그도 그럴 것이, 경제적인 관점에서 말하자면, 실제로 돈을 벌어 오는 지배자는 알폰소였으니까.

누가 수표에 서명하고, 누가 청구서를 해결하지?

알폰소.

알폰소가 돈을 냈다.

두 남자가 외식으로 피자라도 먹을라치면, 돈을 지불하는 건 늘 알폰소였다. 설거지용 세제, 감자, 고기 — 루이지는 당연하게도 육식 동물이니까 — 등 생활필수품 구입 비용을 내는 것도 물론 알폰소였다. 그는 모든 수단을 다 동원해서 루이지에게 밀로 만든 고기 찜, 콩으로 만든 햄버거 등을 먹여 보려 했으나 그럴 때마다 루이지는 불같이 화를 냈다. 언젠가는 알폰소가 사랑으로 준비한 두부 완자 요리를 그릇째 창밖으로 던져 버린 적도 있었다.

그런데 이제 알폰소는 그를 위한 변호사 비용까지 지불하고 있다.

리돌피 변호사가 뭐라고 했더라? 루이지를 돌봐 주어야 할 필요성이라던가, 그가 집에서 형기를 마칠 수 있도록 늘 그의 곁에 있어야 한다거나, 좌우지간 그 비슷한 말을 했던 것 같은데······.

「그렇게 되면 그가 아니라 내가 옥살이하는 죄수가

되기 십상일 텐데.」 알폰소가 말했다.

그제야 알폰소는 도중에 무언가를 잃어버렸음을 또
렷하게 깨달았다. 맞아, 그런데 뭘 잃어버렸을까? 그는
두 청소년을 살피면서 스스로에게 계속 물었다. 게다
가, 뭔지 잘 모르겠는 그 무언가를 잃으면서 내가 얻은
건 뭐지? 그건 로마에 대한 향수임이 번뜩 그의 뇌리를
스쳤다. 그는 심지어 크루아상 가게, 밤중 내내 화덕에
서 꺼내던 크루아상의 냄새마저도 그리웠다. 오며 가며
가게에 들르던 손님들이며, 처음 보는 사람들, 전혀 모
르는 사람들이지만, 맛있는 크루아상 덕분에 그가 즐겁
게 해줄 수 있었던 상점 근처를 오가던 행인들까지 모
두 보고 싶어졌다.

그런데 난 지금 이 을씨년스럽고 추운 북부 도시에서
뭘 하고 있는 거지? 어쩌면 나는 루이지와의 관계를 미
화시켰을 수도 있어. 사랑에 굶주린 나머지 나 자신을
기만한 걸 수도 있다고…… 따지고 보면 그는 루이지를
필요로 하는 것이 아니었다. 그에게 필요한 건 루이지
가 아니라 사랑이었다. 이 두 아이들이 느끼고 있는 것
같은 사랑. 순수하고 자발적이며 생동감 있는 사랑. 그

에게 특히 필요한 건 따뜻한 온기와 마음의 양식이었다. 그는 갓난아기처럼 밤이면 세 시간마다 한 번씩 잠이 깨어 울곤 했다.

별안간 죽은 여자의 영혼은 뒷전으로 물러가고, 알폰소 페트루케티, 일명 카루나 자신의 영혼이 부각되기 시작했다. 그 자신의 영혼이 사자후처럼 요구 사항을 토해 내고, 의문을 제기하고, 반대 의견을 부르짖기 시작한 것이었다.

그 순간, 그는 자신이 잃어버린 것이 무엇인지 깨달았다. 바로 자신의 정체성이었다. 루이지와 커플로 살기로 결정하면서부터 그는 그만의 인격, 상냥하고 측은지심으로 넘치던 그의 천성을 잃었다. 함께 사는 자의 요구에 부응하는 과정에서 그는 이도 저도 아닌 잡종, 별것 아닌 존재, 아무것도 아닌 것만도 못한 존재로 전락해 버리고 말았다.

당장 집으로 돌아가 짐을 싼다, 이것이 그가 할 일이었다. 도망치자. 나와 나의 악마 사이에, 나와 노상 똑같은 실수를 거듭하는 나의 병적인 성향 사이에 시간과 공간을 두자. 알폰소는 사랑이라면 사족을 못 쓰는 여자들에 관한 책에서 그런 구절을 읽은 적이 있었다. 그도 그런 부류였다. 사랑이라면 사족을 못 쓰는 여자! 굴종적이고 비굴하며 겁에 질린, 그러면서 지나치게 의존적인 사람.

「변화하기에 너무 늦은 때는 없어, 새로운 출발을 하기에 너무 늦은 때는 없다고. 때로 네 삶의 흐름은 단 몇 초 만에도 바뀔 수 있거든.」

두 청소년이 빚어낸 풍경, 환한 빛과 은총, 함께 나누는 사랑의 스펙터클이 그의 두 눈을 열어 주었다.

더 이상 허비할 시간이 없었다.

그는 묵직한 가방을 둘러메고는 망설이지 않고 강의 반대편으로 몸을 돌려 다리 쪽으로 향했다. 멀찌감치 떨어진 곳에서 간간이 들려오는 두 청소년의 목소리에서는 약간의 긴장감이 느껴졌다. 둘이 다투는 것 같았다. 「당연히 그래야지.」 알폰소가 너그러운 투로 혼자 중얼거렸다. 「사랑에도 이따금씩 말다툼이라는 고춧가루가 필요한 법이지.」

20

일이 재미있어진다

「네 말이 맞아, 저 여자는 옷을 벗고 있어! 안 되겠어, 얼른 가자.」 발렌티나가 결정을 내렸다.

「잠깐 기다려 봐, 지금부터 정말로 일이 재미있어지는 것 같지 않아?」

「난 남의 치부나 몰래 엿보는 변태가 아니거든.」 발렌티나가 강둑에서 멀어져 가며 쏘아붙였다.

「아, 그래,」 야코포가 여자 친구의 팔을 잡으며 어이없다는 듯 한숨을 내쉬었다. 「조금 전까지만 해도 넌 저 여자가 전화하는 소리를 몰래 엿듣는 변태였잖아?」

「그건 달라.」 발렌티나는 어깨를 으쓱하며 반발했다. 「이거 봐, 너희 남자들은 모조리…….」

「우리 남자들이라고?」

「그래, 너희 남자들.」

「넌 여자라, 이런 말이야?」

「우리 여자들, 그게 뭐 어쨌는데?」

「그게 그러니까, 저 여자가 어린아이들도 얼마든지
지나다닐 수 있는 곳에서 옷 벗는 광경을 너도 봤잖아?」
야코포가 반발했다.

「그래, 맞아, 너 같은 어린아이들.」

「너 정말 웃긴다, 발렌티나. 우선, 우린 처음엔 저 여
자를 염탐해야 했지. 그런데 이제 저 여자가 옷을 벗으
니까 넌 얼른 여길 떠나자고 해. 네가 보기에 이건 모순
인 것 같지 않아?」

「네가 일이 재미있게 되어 간다니까 내 마음이 거북
해졌어.」

「하지만, 저 여자가, 뭐랄까…… 재미있는 건 사실이
잖아.」

발렌티나가 한숨을 내쉬었다. 「자, 가자, 지금 당장.」

「아니, 난 남아 있을 거야.」

「너 같은 놈은 그냥…….」

「내가 뭐? 나 같은 놈은 뭐라고 하고 싶은데? 괴물?

돼지 같은 놈?」

「그래, 짐승 맞아.」

「그러면 네 친구 페를라는 뭔데?」

「페를라가 이 일과 무슨 상관인데?」

「그 계집애도 상관있어, 내가 장담해.」

「뭐라고?」

「네 친구는 갈보야.」

「너, 어떻게 그런 말을 할 수 있어?」

「아니, 난 그런 말 할 수 있어.」

「네가 페를라에 대해서 뭘 안다고 그러는 거야?」

「나도 알 만큼은 알아.」

「넌 아무것도 몰라, 야코포. 넌 그저 잘난 척이나 하는 얼간이야. 그리고 또…….」

「난 다 알아.」

「다라니, 뭘?」

「가령, 그 계집애는 보지에 난 털을 완전히 밀어 버렸다든가, 뭐 이런 거.」

「뭐? 뭐라고……?」 발렌티나의 얼굴이 하얗게 질렸다. 「너 방금 뭐라고 했어?」

164

「난 지금 네 친구가 나를 덮쳤다고 말을 하려는 중이
야.」

「난 그런 네 말 하나도 믿지 않아.」

「네가 잠든 사이에 그 계집애가 벌거벗은 채 내 이불
속으로 들어오더니 내 손을 잡아 거기로 가져갔어. 이
만하면 알아들었겠지?」

「그래서 넌?」 발렌티나가 숨 가쁘게 물었다.

「나는 뭐?」

「야코포!」

「아무 짓도 안 했어.」

「그 애를 밀어냈어?」

「난 처음엔 그게 넌 줄로만 알았어. 잠들어 있었으니
까.」

「그래서?」

「그래서, 난 그러는 네가 참 귀엽다고 생각했지.」

「그러는 내가 귀엽다고?」 발렌티나가 소리쳤다.

「그야, 모처럼 네가 주도적으로 나왔으니까.」

「무슨 소리야, 내가 주도적으로 나오다니? 난 그러지
않았는데!」

「맞는 말이야. 네가 아니었지. 나도 즉시 그걸 깨달았어야 했는데, 생각 좀 해봐. 내가 그런 일이 있으리라고 상상이나 했겠느냐고? 게다가 주변은 깜깜하고, 난 한창 꿈속을 헤매는 중이었거든. 그건 너도 이해할 테지.」

「그러니까 그 애를 밀어내지 않았다는 말이야?」

「그러니까 난 처음엔 기쁜 마음이었는데, 조금 지나면서…….」

「조금 지나면서는?」 발렌티나가 벌써 눈물로 그렁그렁해진 눈으로 흘러가는 강물을 물끄러미 바라보며 물었다.

「조금 지나고 보니, 이미 때는 늦은 거지.」

「너무 늦었다고?」

「그래, 그러니까, 신체 메커니즘이 발동했단 말이지, 나를 좀 이해해 주라. 내가 말한 그대로야, 난 정말이지 진실하게 다 말했어. 게다가 별로였어.」

「그렇다면 뭐야, 페를라가 너를 강간했다는 말이야? 넌 지금 나한테 페를라가 너를 강간했다고 말하는 중이냐고?」

「어떤 의미에서는 그렇지.」

「일종의 강간?」

「그래, 그 표현이 정확해.」

발렌티나는 입을 다물더니 한 손으로 자신의 목을 움켜쥐었다. 더 이상 숨도 쉬어지지 않고, 두 다리도 부들부들 떨리기 시작하자 발렌티나는 땅바닥에 털썩 주저앉고 말았다.

「발렌티나……」

「그 입 닫아.」

야코포는 잠자코 여자 친구 곁에 앉아 더할 나위 없이 묵직하게만 느껴지는 숨소리를 들었다. 마치 발렌티나의 흉곽 속에서 심장이 팔딱거리는 소리가 또렷하게 들리는 것 같았다. 그는 엄청난 실수를 저질렀다. 그는 이 일 때문에 모든 건 결코 이전과 같을 수 없으리라는 사실을 단박에 깨달았다. 〈때로 불과 몇 초 만에 네 인생의 흐름이 달라질 수 있다〉라고 마음속으로 되뇌었다. 발렌티나와는 그것으로 끝이었다. 이 진흙투성이 평지에서 끝장이 났다. 강물은 무심하게 흘러가고, 죽은 여자는 사라졌으며, 젊은 여자는 옷을 벗는데, 그는 발렌티나와 그 아이의 심적 고통에 대한 존중의 표시로 그걸 구경조차 하지 못한다.

염병, 재수 더럽게 없네. 여자를 훔쳐보기 위해 돌아
가고 싶어서 돌아 버릴 것 같은 야코포가 생각했다. 그
는 자신이 더할 나위 없는 얼간이, 페를라의 아빠와 다
를 것 없는 멍청이임을 충분히 자각했다. 호르몬의 작
용에 자신을 맡겨 버린 무심한 수컷. 호르몬이 분비되
는 한, 수컷들과 암컷들의 관계는 항상 혼돈 그 자체일
터였다. 그래서 뭐, 그게 어쨌다는 거야? 그런 건 아무
려나 상관없어. 그는 지난밤을, 그 밤의 강렬함, 페를라
가 제안한 완전히 발레 안무 같은 체위를 되새김질했
다. 이제껏 그는 그런 체위는 인터넷 사이트들을 들락
거리며 구경만 했을 뿐, 발렌티나에게는 감히 제안할
엄두도 내보지 못했다…….

이젠 다 끝났다.

다 끝났으니, 발렌티나가 감정을 추스르기를 기다렸
다가 집에 바래다주는 일만 남았다.

다 끝났으니, 그의 앞엔 이제 또 다른 세상이 열릴 것
이었다.

21
다음번

그는 죽은 여자의 흔적이라고는 어디에서도 찾아볼 수 없음을 깨닫자 갔던 길을 되돌아와 고물 세탁기 옆에 앉았다. 그의 계획은 지극히 단순했다. 시간을 두고 생각해 보는 것. 쥐들이 세탁기의 드럼을 돌리는 거나 쳐다보다가 결정을 내리면 될 것이었다. 가령, 여자의 집으로 가서 인터폰을 눌러 여자와 이야기하고 싶다고 말해 볼 수도 있을 거야. 하긴 난 여자의 이름조차 모르는 처지인데. 아니면, 집 밖에서 기다려 볼 수도 있을 테지. 기다리긴 뭘 기다려? 여자가 외출하기를 기다릴 거야? 바로 그거지. 여자가 밖으로 나올 때를 기다리는 거야. 하지만 여자가 만일 죽었다면, 절대 나올 수 없는 거잖아. 그는 도무지 마음을 정하지 못했다. 제일 좋은 건 아무 짓도 하지 않고, 쥐들이나 관찰하면서 이 궁리 저 궁리 해보는 거야.

얼마 지나지 않아 그는 쥐란 녀석들을 관찰하는 일이 따분해졌다. 그래서 몸을 돌려 하늘 높이 솟아오른 해를 바라보았다. 따뜻하면서 위안을 주는 햇볕. 그는 두 눈을 감은 채 쏟아지는 햇빛 속에 얼굴을 맡겼다. 그가 자란 고향 집 안뜰 나무에 묶어 두던 개가 하던 것처럼. 그는 녀석을, 〈번개〉란 이름으로 불리던 그 개를 생각하며 빙긋 미소 지었다. 녀석은 아버지가 사냥 갈 때를 제외하고는 안뜰을 벗어나는 적이 없었다. 사냥에 나서는 날이면 아버지는 사슬을 풀어 주었고, 그러면 녀석은 번개같이 튕겨 나갔다. 나머지 시간에 녀석은 그저 해바라기만 즐겼다.

그는 그렇게 거기서 자기 집 개를, 날씨가 따뜻할 때면 행복해하던 녀석을 떠올리면서 멍청하게 앉아 있다 그만 잠이 들었다.

잠에서 깨자, 해는 어느덧 강변을 따라 지어진 건물들의 지붕 뒤로 뉘엿뉘엿 저물어 가는 중이었다. 그는 처음엔 자신이 왜 거기 있는지조차 기억하지 못했다.

낮잠은 기분 좋았고, 깊었고, 꿈도 꾸지 않았다. 그가 정
말 필요로 하던 꿀잠이었다.

늘어지게 하품을 하고 두 눈을 비비던 그는 자신이
여전히 핸드백을 품에 안고 있음을 깨달았다. 문득 분
연히 행동에 나서지 않고 낮잠을 자버린 자신을 책망했
다. 그가 자리에서 일어나려 할 때 뒤쪽에서 마른 나뭇
가지 부러지는 소리가 들려오는 바람에 그는 그 자리에
서 몸이 굳어 버렸다.

「죄송하지만, 내 가방을 돌려주시겠습니까?」

소스라치게 놀란 그는 소리가 들려오는 쪽으로 몸을
돌렸다. 목소리의 주인은 위장복 차림의 젊은 남자였
다. 사람 좋아 보이는 미소를 짓는 남자는 전혀 위험한
사람 같지 않았다.

「혹시 경찰에서 나왔나요?」 남자가 핸드백을 한층 더
꼭 끌어안으며 물었다.

「아닙니다. 저는 경찰이 아니에요.」 젊은 청년은 손을
내밀어 악수를 청하며 대답했다.

「그러면, 누구시죠?」

「저는…… 말하자면 연구자입니다.」

「그렇군요. 난 그 말을 믿지 않지만.」

「정말이니 믿으셔야 합니다.」

「항상 다들 그러더라고요. 처음에는 그러다가 나중엔……. 그런데 왜 내 핸드백을 가져가려는 거죠?」

「그건 내 거, 아니 우리 거니까요.」

「우리?」

「네, 우리.」 청년은 약간 과장된 몸짓으로 똑같은 옷차림을 하고서 나무에 매달려 있는 다른 청년 두 명을 가리켰다.

「어이, 당신들도 한통속인가요?」

「어떤 의미에서는 그렇죠. 우리는 같은 임무를 부여받았고, 같은 주제로 연구를 진행하고 있습니다.」

「그런데 나무엔 왜 올라간 겁니까?」

「기계 설비를 해체하는 중이었습니다. 제발 부탁인데, 그 가방 당장 이리 주세요. 우리한테 필요하다고요.」

「왜요?」

「필요하니까요.」

「이걸로 뭐 하려고요?」

「다음번에 또 써야 해요.」

22
논문

심리학 실험 기술에 관한 박사 학위 논문

서론

1964년 3월 13일 밤, 캐서린 수전 제노비스, 일명 키티는 뉴욕 퀸스의 큐 가든스에 위치한 자택 근처에서 윈스턴 모즐리라는 이름을 가진 자의 공격을 받았으며, 성폭행을 당한 후 칼에 찔려 살해되었다. 언론에서 보도한 살해 정황에 따르면, 범행이 계속된 약 30분 동안 서른여덟 명 — 대다수가 이웃 사람들 — 이 무슨 일이 벌어지고 있는지 인지한 상태에서 범행 광경을 지켜보면서도 전혀 개입하지 않은 것으로 드러났다. 무심했던 걸까? 아니면 공연히 끼어들어서 개인적으로 귀찮은 일에 휘말리게 되는 번거로움을 피하려고 희생자에 대한 공감을 아예 차단해 버렸던 것일까?

이른바 제노비스 사건은, 물론 언론에 의해 사실보다 증폭된 부분이 있으리라고 추측되나, 그럼에도 시민의 책임 의식과 방관자 효과*bystander effect* 또는 제노비스 증후군이라는 용어로 지칭되는 심리 사회적 현상에 관한 일련의 연구들을 낳는 계기가 되었다.

이 논문은 중간 정도 규모의 도시 거주민들이 책임감을 의식하게 되는 현상을 분석하는 데 그 목적이 있다. 이를 위해서 감시 대상으로 삼을 요소들이 결정되었다. 사망한 것으로 보이도록 극사실적으로 만들어진 여성의 마네킹 하나를 외따로 떨어진 은밀한 곳에 방치해 두었는데, 이 장소는 사전 조사에 따르면 나이, 성별, 사회적 지위 등에 있어서 각기 다른 다양한 인물군이 지나다니는 것으로 확인된 곳이었다.

감사의 말

NN 출판사 팀원들께 감사드립니다. 가이아 마촐리니와의 작업은 큰 즐거움이었으며, 에우제니아 두비니, 알베르토 이바, 에도아르도 카이치, 잔 루카 파베토, 이들 덕분에 출간이라는 열차에 올라탈 수 있었습니다.

소중한 우정을 맺게 된 카를로 로소 박사님과, 논문 최종고 열람을 흔쾌히 허락해 준 따님 비토리아 로소에게도 감사를 전합니다.

옮긴이의 말

  벌써 여러 해 전에 겪은 일이다. 아파트 단지를 벗어
나면 바로 나오는 도로와 인접한 보도를 무심코 걷던
중, 길바닥에 누워 있는 웬 남자가 눈에 들어왔다. 혼자
사시는 친정어머니를 뵙고 나오던 길이었는지 뵈러 가
던 길이었는지는 기억이 가물거리지만, 암튼 단지 입구
엔 그다지 젊다고 하기 어려운 남자 한 명이 쓰러져 있
었다. 길에서 저렇게 잠이 들어도 괜찮을까 하는 마음
에 깨워 보려고 다가갔으나, 순간적으로 어쩌면 자는
게 아닐지도 모른다는 의구심이 들면서 섣불리 이 남자
를 건드리면 안 된다는 지혜(!)의 목소리도 마음속에서
메아리치고, 그 뒤를 이어, 영화나 드라마를 너무 많이
본 탓이었는지, 목격자 자격으로 경찰서에 불려 다니는

내 모습도 눈앞에 아른거렸다. 결국 나는 경찰에 신고하는 대신 아파트 단지 경비 아저씨에게 (대낮이었음에도 술에 취해 길에서 잠들어 버렸을 가능성이 매우 큰) 그 남자 일을 슬그머니 떠넘기고 말았다. 당시 나는 남들 다 가지고 다니는 휴대폰이라는 걸 장만하지 않았던 터라 수중에 전화기가 없어서 그랬노라고 이유를 댈 수도 있겠지만, 그것이 구차한 변명에 지나지 않는다는 건 다른 어느 누구보다도 내가 제일 잘 안다.

이탈리아의 신예 — 사실 신예라고 하기엔 어폐가 있다, 연극계에서 활동하면서 추리소설 여러 편을 출간한 이력이 있는 작가니까 — 로사 몰리아소가 쓴 『아름답고 죽은 그녀』엔 건전한 시민의 의무에 대해 잘 알고 있으면서 여러 개인적인 사정 때문에 그 의무를 잠시 뒷전으로 미룬 인물들, 요컨대 나 자신이나 나의 이웃 같은 보통 사람들이 등장한다. 마땅히 해야 할 일을 하지 않았다는 찜찜함 혹은 불안감은 그 후에 맞닥뜨리게 되는 상황에 어떤 식으로든 영향을 끼치기 마련이며, 그 소소한 일상의 상황들은 결국 엄청나게 큰 눈 덩어리로 불어나 우리를 덮친다. 눈사태처럼.

누구는 결혼을 6개월 앞두고 약혼자와 갈라서는 것으로도 모자라 시아버지가 될 뻔한 남자의 은밀한 부위를 찍은 사진을 시어머니가 될 뻔한 여자에게 전송하여 노부부를 파국으로 몰아가는 복수극을 벌이는가 하면, 미성년자 딱지만 떼면 외국으로 가서 알콩달콩 같이 살자던 애송이 연인들은 여자 쪽 친구의 부적절한 개입으로 허무하게 헤어지고 만다. 운명적 사랑을 만났다고 믿은 나머지 고향을 등지고 낯선 도시에서 비정한 애인의 옥바라지까지 하던 동성애자 기 치료사는 사랑은 추상적인 개념이 아니라 상대와 함께 나누는 다정한 몸짓이며 배려임을 깨닫고 그날로 고향으로 돌아간다……

　『아름답고 죽은 그녀』를 우리말로 옮기면서 나는 내내 그때 길에 누워 있던 그 남자는 어떻게 되었을지 궁금했다. 그뿐만 아니라 순간의 선택이 인생의 흐름을 바꾸어 놓을 수 있다는데, 그때 나의 선택으로 내 삶의 흐름도 과연 바뀌었는지도 확인하고 싶었다. 만일 그게 사실이라면 내 인생은 어떻게 달라진 걸까?

　솔직히 그 일이 태클을 걸어 내 인생이 방향을 틀게 되었는지 아닌지 긴 시간이 흐른 지금의 나로서는 판단

할 길이 없다. 하지만 확실한 건 한 권의 책으로 말미암아 어쩌면 그냥 망각의 어둠 속에 묻혀 버렸을 수도 있는 지나온 삶의 한 부분이 섬광처럼 갑자기 기억의 표면으로 환하게 솟아올라, 나로 하여금 삶에 대해 다시 한번 생각하는 계기를 마련해 주었다는 사실이다.

모름지기 좋은 이야기란 어느 순간 그렇게 훅 들어와서 꽁꽁 닫혀 있던 마음속의 혹은 머릿속의 서랍들을 열어 주는 열쇠 같은 게 아닐까?

끝으로 번역 대본으로는 스위스 출신 작가이자 영화인인 조제프 인카르도나가 번역한 프랑스어판 *Si belle, mais si morte*(Bordeaux: Finitude, 2017)를 사용했음을 밝혀 둔다.

2018년 2월
양영란

옮긴이 **양영란** 서울대학교 불어불문학과와 동 대학원을 졸업하고, 파리 제3대학에서 불문학 박사 과정을 수료했다. 『코리아 헤럴드』 기자와 『시사저널』 파리 통신원을 지냈다. 옮긴 책으로 『빨간 수첩의 여자』, 『프랑스 대통령의 모자』, 『상뻬의 어린 시절』, 『진정한 우정』, 『콩고』, 『아무것도 아닌 작은 일』, 『센트럴 파크』, 『잠수종과 나비』, 『탐욕의 시대』, 『굶주리는 세계, 어떻게 구할 것인가』, 『공간의 생산』, 『그리스인 이야기』, 『물의 미래』, 『빈곤한 만찬』, 『미래의 물결』, 『식물의 역사와 신화』 등이 있으며, 김훈의 『칼의 노래』를 프랑스어로 옮겨 갈리마르에서 출간했다.

아름답고 죽은 그녀

발행일   2018년 3월 20일 초판 1쇄

지은이   로사 몰리아소
옮긴이   양영란
발행인   홍지웅 · 홍예빈
발행처   주식회사 열린책들

경기도 파주시 문발로 253 파주출판도시
전화 031-955-4000 팩스 031-955-4004
www.openbooks.co.kr

Copyright (C) 주식회사 열린책들, 2018, *Printed in Korea.*
ISBN 978-89-329-1878-5 03880

이 도서의 국립중앙도서관 출판예정도서목록(CIP)은 서지정보유통지원시스템 홈페이지(http://seoji.nl.go.kr)와 국가자료공동목록시스템(http://www.nl.go.kr/kolisnet)에서 이용하실 수 있습니다.(CIP제어번호:CIP2018001784)